定年就活　働きものがゆく

JN091966

堀川アサコ

角川文庫
22990

目次

1　花村妙子、定年退職の顚末

「オババ、退職するんだって。定年退職」

「オババって？」

「うちの係長」

「ああ、花村《はなむら》係長？」

　二階、女性トイレの手洗い場である。

　たまたまそこで顔を合わせたらしい経理係のミチルと、庶務係のアキちゃんと、計画係のサイさんが、何かのスイッチが入ったようにぺちゃくちゃ話し出した。

　花村妙子《たえこ》は奥から二番目の個室に居て、便座に腰かけた恰好《かっこう》で硬直する。

　この三人のことを、妙子は以前から、総務かしまし娘と密《ひそ》かに命名していた。

　ミチルとアキちゃんとサイさんは、いずれも二十代前半から後半の、花も恥じらう独身の、箸《はし》が転んでもおかしいキャピキャピの、ピッチピチのピッカピカの娘たちである。かしまし娘といってみたところで若い三人にはわかるまいから、当人たちに向かってそう呼んだことはない。

が。オババ？　なにそれ。

確かに、妙子とて、にぎやかな彼女たちのことをかしまし娘と呼んでいた。しかし、そこには愛がある。なにせ、かしまし娘は妙子の子ども時代のアイドルだ。三人もまた妙子の前では「係長～、係長～」なんていって懐いていた。

だが、目の届かないところでは、妙子をオババ呼ばわりしていたのか。

ショックだった。裏切られた気分だった。まるで大河ドラマの信長《のぶなが》になった気分である。人間五十年下天の内をくらぶれば……どころか、今年でもう還暦だけど。

妙子が勤める株式会社オジンは、大正十二年、小川甚五郎《おがわじんごろう》が創業した総合商社である。

小川甚五郎だから、オジン。

大正時代には、中年男性を揶揄《やゆ》してオジンなどと呼ぶことはなかったし、現代の若者たちも、もはやオジンやオバンという言葉は使うまい。この社名を笑ったり抵抗があったりしたのは、妙子たちの世代である。

しかし、昭和育ちらしい分別と節度をもって、名前は名前、会社は会社と割り切り、妙子たちは自らの職場の変な名称について、ことさらに言及したことはあまりない。──

──多少は、あったが。

ともあれ、オジンは良い会社だ。結婚が早かった妙子は、男女雇用機会均等法が施行されるより前に就職し結婚し出産した。オジンは当然のように、妙子が働き続けることを歓迎してくれた。なんと進歩的で良心的な会社であることか。

それでも、同期の女性社員たちは寿退社するか、出産を機に辞めた者がほとんどである。彼女らは結婚や出産という慶事とともに、おめでとうおめでとうと胴上げでもされんばかりの祝福に送られ、家庭に入った。

もったいないわねえ。辞めたら一銭にもならないじゃない。送別会の中締めで、花束を渡され満面の笑みをたたえる同僚たちを見て、妙子はそう思ったものだ。

妙子自身は慶事もなんのその、しぶとく働き続け、今日にいたる。今でいうパワハラやセクハラなんてこともなく、まことに働きやすい職場であった。義理堅い昭和の申し子である妙子は、職場に深い感謝と愛着を抱いてきた。

「でもさ、花村係長って、オババ呼ばわりされる年だっけ？」

「もう還暦だよ。定年退職適齢期」

「うちの会社の定年って、六十五じゃなかったっけ？」

「うへ？　アキちゃん、六十五まで働くの？」

「馬鹿な……！　金持ちを見つけて寿退社するに決まってるっしょー」

「毎年、海外旅行に連れて行ってもらって。子どもが生まれたら、ブランド服着せて。

幼稚園や学校の送り迎えには、自分でもばっちり着替えてメイクして」

「当然じゃん」

「あんた百円コスメ使ってるくせに」

「だからだよ。うちの会社の給料安過ぎ。こんなところに定年まで居られるかっての」

「だーよねー」

きゃいきゃいきゃいきゃいと、総務かしまし娘たちは笑いさざめく。


罰当たりめが。妙子はトイレットペーパーを握りしめた。

株式会社オジンでは、六十歳と六十五歳のいずれか、定年退職の時期を選択できる。妙子としては、職場に不満もないし、働くことに不平もないし、自分はまだまだ会社に貢献できると考えている。だから六十五歳ぎりぎりまで働こうと、ずっと以前から決めていた。ずっと以前というのは、老後ということを意識し始めた四十代だ。

かれこれ二十年近くも心に決めていたことを変更しようと考えたのは、六十を間近にして、老いということを意識したせいだった。

自分が老いるなどと、妙子はついぞ思ったことはなかった。同年輩の友人と比べると、妙子は若い。白髪も数えるほどしかないし、皺《しわ》もシミもほとんどないし、物忘れなどしたくても出来ないくらいだし、体形にもさほど変化はない。若者と比較して年配者であると自覚するのは、老眼鏡を愛用していることと、つれづれに口ずさむのが文部省唱歌だとか昭和歌謡だったりすることくらいである。

しかし、六十歳という年齢は、そんな妙子をもふと立ち止まらせるほどのパワーを持っていた。

高校卒業と同時にオジンに就職し、淡々と粛々と四十年が過ぎた。それは、とても幸いなことである。でも、と思った。退屈。なんかちょっとくらい、別な仕事をしてみてもいいのではないか？

いくら若いといったところで、二百年も三百年も生きられるわけではないのだ。それに、人生の終わり近くになったら、やっぱり仕事ではなく趣味や家事に専念したい。いわゆる丁寧な暮らしというものも、やってみたいのである。

だとすれば、新分野の仕事を探すなら、今ではないか？　五年後に、そんな力が残っていると、だれが保証してくれる？

切り替えは早い方である。四十年の会社員生活で、それは自然と身に付いた。その切り替え上手の習性により、妙子は四十年の会社員生活に終止符を打つことに決めた。

総務課長に六十歳での定年退職を申し出た。

合田《ごうだ》課長は、高校の同級生で、同期入社の潮美《しおみ》の夫でもある。高卒の妙子と違い、東京の有名大学で経済学を学んだ人だ。

それゆえ単純な勤務年数でいえば妙子の方が四年先輩ということになるものの、ともあれ相手は大卒だし専門職だし上司だし、客観的に見ても仕事のできる男だ。

合田もまた、妙子には一目置いている。高校時代からずっとだから、四十年以上、一目置き続けている。そんな具合に、合田課長とは、互いに互いを尊重し合い、気心の知れた仕事仲間だった。そもそも、合田は善良な人間なのである。真面目で高潔でおまけに美男子で、上司の——いや、人間のお手本みたいな男だと思う。その合田が、妙子の決意を聞いた瞬間、ひどく悲しい顔をした。

——マジ……？

凛々《りり》しい眉毛《まゆげ》を下げて、重いため息をついて、合田は子どもみたいな一言を発した。それからもう一つ長いため息の後、視線を落として顔をゆがめる。

——病気とかじゃないよね？

——まさか、全然元気ですよ。元気なうちに新しいことをしてみたいの。

——もしも会社に不満があるなら、改めるようにするから。

合田は演歌の女主人公みたいなことをいった。妙子の退職宣言を、会社への遠回しの苦情だと受け取ったのか。

——不満なんかありません。むしろ感謝してますよ。これまで、会社あっての人生でしたからね。

妙子の言葉に、合田はホッと笑顔になる。やっぱり、会社に不満ありだと勘違いしていたらしい。イヤねえ。わたしはそんな当てこすりみたいなことはいわないわよ、と妙子は思った。

――会社だって、きみあっての会社だよ。花村さんはね、いやさ、妙ちゃんは、自分がここでどんなに重要な人間なのか、わかってない。きみが退職したら、うちの課は火が消えたようになるよ。

――わたしはね、花村さんは、いやさ、妙ちゃんは必ず六十五歳まで頑張ってくれると思っていた。きみは毎朝、だれよりも早く出勤するでしょ。で、わたしが二番目に早いじゃない。きみは毎日、経理の係長席からわたしが入ってくるのを見てさ、にこっと笑って「おはようございます」というでしょ。毎朝、それを聞くと「朝が来た」と思うわけ。きみの「おはようございます」は、ラジオ体操の歌みたいなものなわけ。きみが休みの日なんか、オフィス中がどんよりしてるんだよ。

いやいや、そんな……などと、聞き流すそぶりをしながらも、妙子はまんざらでもない気分だった。

女というのは、年齢を重ねると、化粧品屋と洋服屋のほかには、あまり褒めてもらえなくなる。家族も同僚も、部下も上司も、こちらを空気や水道水やトイレットペーパーみたいに扱い、妙子自身もそれにさしたる不満を持ってこなかった。自分だって、ありとあらゆる人に対して、同じような接し方をしてきたからだ。

――きみの活躍は、会社をいつも救ってきた。

――そんなことないわよ、課長。

――そんなこと、ある。

合田は、これまでの妙子の活躍を、数え歌でもうたうみたいに挙げ始める。

取引先の担当者がヘソを曲げたとき、みごとに火消し役を果たしたこと。部署ごとの業務マニュアルの作成を提案し、率先して進めたこと。課の懇親会で喧嘩沙汰《けんかざた》が起きたとき、閻魔《えんま》大王みたいな迫力で乱闘を鎮めてくれたこと。妙子が係長になってから経理係の残業がグンと減り、それが総務課に広がり、結果的に北関東支社全体に波及して労働環境と経費を改善したこと。「ちゃっちゃと働き、とっとと帰る！」そんなキャッチコピーでポスターまで作り、組合からも経営側からも、おおいに歓迎された。

――きみは、カリスマ社員なんだよ。オジンの宝だよ。

――やあね、課長。大げさだわ。

――考え直してもらえないか？　六十五歳まで、いっしょに働いてくれないか？

いつの間にか、しょんぼりと床を見ていた合田の目は、切実な光を帯びて妙子をまっすぐに見ていた。同じような目を、妙子は遠い過去に一度だけ見たことがある。十六歳も年上だった花村信之《のぶゆき》という中学教師に、結婚を申し込まれたときだ。

それが実に感動的な体験だったせいか、妙子は今回も感動した。そんなにも自分を必要としてくれるのなら、気まぐれな転職志望など取り下げるのが人の道だと思った。

昭和育ちの妙子には、我慢や辛抱や協調性というのは第二の憲法といっても過言ではない。だから、別の仕事をしてみたいなどという希望は、おのれのわがままと決めつけて、封印することにさほどの抵抗はなかった。

「なんかさー。オババが六十歳で退職するって、課長にいったらしいのよ。そしたら、課長が慰留したらしいのね」

計画係のサイさんが、聞き捨てならぬことをいった。

計画係は課長席の間近にあり、総務課の中での総務的な仕事と、課長秘書としての役目も担っている。いわば、計画係は課長の側近なわけだが、だからといって社員の退職のことをぺらぺらいうのはチョンボではないか。

と、妙子が憤慨するうちにも、総務かしまし娘たちの会話は進む。

「慰留って、辞めないでくれって頼むアレっすね？」

「あんた、もう大人なんだから、慰留の意味くらい覚えておきなよ」

「どうせわたしは熟語に弱いですう」

「それ、いいから。で、慰留されたオババが、辞めるのをやめたんだって」

はあ？　と、ミチルとアキちゃんが濁った声を出した。

「いやいやいや、慰留は社交辞令でしょう。辞めるといわれたら、ひとまずとめるのはお約束でしょう」

「だよね、そんなの間に受けて、やっぱ辞めないなんていう人、居ないよね」

「それが居たんだよ。それが、あんたのとこの係長なんだよ」

ありえなーい、と、聞き手の二人は嘲《あざけ》りと呆《あき》れを表明する。そして、笑った。

「笑いごとじゃないって。あのオババが、あと五年も会社に居座るんだよ。悪夢じゃん」

　悪夢なのか？　わたしは、オジンの宝ではなかったのか？

「なんで慰留するかなあ、課長」

「だから、社交辞令でお約束だから、普通はするの。真に受けるなんて思わないもん」

　三人はそこでようやく手を洗い、なおもかしましく話しながら遠ざかって行った。

　給湯室から廊下に出る辺りだろうか、ミチルの甲高い声がかろうじて届く。

「奥から二番目のトイレって、ずっと閉まってますよね。開かずのトイレだったりして。花子さんが居たら、やだなあ――」

　奥から二番目の個室で、花子さんならぬ花村妙子がタンクの水を流した。小用だが「大」の方向にレバーを回したのは、今聞いた会話を下水道に流してしまいたいという無意識の欲求からだった。

　あんなことをいわれて、まだここで働く気？

　合田課長に慰留――それこそ、慰留されたときは、まるで新入社員に生まれ変わったような心地だった。しかし、図らずも職場の人間の本音を耳にしてしまった今は、百年の恋も冷めた気分だ。恋ではないけど。

　さりとて、撤回を撤回なんてしたら、今度こそ取返しがつかないくらいきまりが悪い。

　総務課のオフィスにもどると、キャビネットにファイルを格納していたミチルが、普段通りに感じよく「おつかれさまでえす」と声を掛けてよこした。

＊

閉じたノートパソコンの上に決済のための文書を置き、妙子は放心していた。

トイレで聞いた会話が、頭の中で幾度も再生される。

さっき、ミチルに「おつかれさまでえす」といわれたとき「熟語くらい、ちゃんと使えるようになりなさい」とでもいってやればよかった。

いや、それこそ愚かなふるまいである。職場の人間関係から国家間の争いまで、売られた喧嘩を買うから、たちまち炎上や衝突に発展するのだ。これをボヤのうちに自然消滅させてこそ、大人の処世術というもの。

泰然自若、老荘思想、時の過ぎ行くままに、ケ・セラ・セラ……。

駄目だわ。無理です。憤慨の消化不良で、今にも叫び出しそうだ。感情の大波の前に理性は小舟のように揺らぎ、とてもじゃないが目の前の書類に集中できない。

その渦巻く真っ黒な波動の中に、妙子は一粒の異質なものを見つけた。それは、遠いかすかな記憶である。

（あ……）

意識がそこに向くと、記憶はとたんに鮮明になった。

もう四十年近く昔の話だ。二十代の生意気盛りだった妙子は、その生意気さを「働き盛り」と思い込んでいた。

オジンは働く者に優しい会社で、人材を育てるのに良い環境ではあるのだが、一定数の「仕事の出来ない人」を温存させる。生意気盛りだった若かりし妙子と無邪気な仲間たちは、そういった先輩たちを大いに侮っていた。

今でもこの会社は基本的に年功序列の給与体系だが、当時はもっと強固にそれは守られていた。妙子たちは働いても成果を上げても薄給でしかなく、年配だというだけで高い俸給を保証された「仕事の出来ない人」を、せめて陰で侮る権利があるのだと、何となく思っていた。

最も侮っていた相手が、ハチだ。当時、妙子が配属されていたのは、住宅設備を扱う営業部門で、ハチはそこのお荷物社員だった。ハチ。本名は八代《やしろ》八重子《やえこ》。仕事になるとさっぱりなのだが、昼休みにお茶会を開いたり（付き合ってくれる人たちにハチがふるまっていた）、度外れた量の香水をつけて来てフロア中を薔薇《ばら》の香りで満たしてしまったりと、何かと話題を作る人でもあった。

あの当時はバブルの最中で、世の若い女性たちは、かなり威張っていた。八代さんのことも、陰で「ハチ」なんて呼んでいた。もちろん、渋谷《しぶや》に居るあの有名な秋田犬を意識してのことだ。

――ハチ公はお利口さんだけど、うちのハチはちょっとねえ。

その当時のあるとき、ハチが六十歳で定年退職すると課長に申し出たということを、やはり計画係の同期から知らされた。ちなみに、計画係というのは、北関東支社の全ての課に設けられている。

今にして思えば、退職にかかわる希望がダダ漏れだったのは、今回の妙子が受けた仕打ちと同じだ。そして、妙子もまた総務かしまし娘たちと同じ反応をした。

辞めると決めたハチは、課長に慰留されて、辞めるのをやめたのだという。

妙子たち若い衆は大いに残念がった。

――慰留なんて、社交辞令でしょうに。

――課長も課長で、どうして慰留なんかしたのよ。

ああ、因果応報。

(思い返せば……)

あのころの妙子は、伸ばした髪の毛をソバージュにして、前髪を巻き上げ、ボディコンの服を着て(会社では制服だが)いた。当時はもう結婚して娘も居たから、さすがに扇子を持って踊ったりはしなかったけれど。

「係長、どうかしましたか?」

「え? あ? いや? なに?」

遠い記憶の底に沈んでいた妙子は、部下の怪訝《けげん》そうな視線に気づいて慌てて居住まいを正した。閉じたノートパソコンの上に置いた文書に、改めて目をやる。

有給休暇の申請。はい、オッケー、オッケー。押印して既決の箱に入れ、次の書類を手繰り寄せる。

「ん？」

そこには、『合田課長送別会』というPOP体のタイトルが記されていた。

今しがたこちらを見ていた部下に訊《き》く。

「課長って、退職するの？」

なによ、ひとには辞めるなといっておいて——と、胸の中にまた穏やかならぬ風が吹き始める。主任という名誉職をあてがわれた若い部下は、人の好《よ》さそうな笑顔になった。

「いいえ。退職ではなく、東京本社に転勤が決まったそうですよ」

主任の視線は、送別会の案内を指している。妙子は慌てて、その文面を追った。

（なになに……）

確かに、主任のいったとおりの言葉が、あたたかい寿《ことほ》ぎとともに書き連ねてあった。

それによると、合田は東京本社の経営対策室の室長に栄転するそうだ。

（なんだと、課長の野郎め）

むらむらと、憤慨の炎が再燃する。それはさっきの総務かしまし娘たちに向けたよりも、よっぽど苛烈《かれつ》な感情であった。

（あんなプロポーズでもするみたいな目でこっちを慰留しておいて、自分は本社の室長

に栄転ですか。それに浮かれて、わたしのことまでぺらぺらしゃべっちゃったんですか）

キッとこうべを巡らせて、課長席を見た。合田は、喜色満面で計画係の女性社員と談笑している。妙子は憤然とボールペンを取り上げ、自分の出欠欄に力を込めて「×」と書いた。つまり、欠席の意味である。

こちらを見ていた主任が、「おや」と目を瞬かせた。

「あれ？　欠席するんですか？　珍しいですね。係長って飲み会はいつも必ず出るじゃないですか」

「わたしはどうせ今月で辞めますから、ひとさまの送別会になんか出てられませんよ」

つい、大きな声でいってしまった。

それは隣の係にまで響き渡り、耳にした全員の口から「ええ？」という驚愕《きょうがく》の声がもれる。それに続いて、「まさか」やら「本当ですか？」に始まる慰留の言葉が、口々に発せられた。かしましのミチルとアキちゃんも、目を丸くしている。

妙子はわれに返り、口に手を当てた。しかし、今度こそ引っ込みがつかなかった。

2　たまらなく、つれづれ

障子から差し込む四月の朝の陽ざしが、だるま時計の文字盤を照らしている。九時半。妙子は底に濃い煎茶《せんちゃ》の残る湯飲みを置き、ハタキを手にとった。

鴨居、障子の桟、サイドボードの上の花瓶、救急箱、写真立ての上、テレビ台、壁に掛けた状差し。どこにも埃《ほこり》などないのは、つい三時間前にも家中くまなく掃除したからだ。

必要ないとはわかっていても、朝にすることといったら、朝食の仕度と家の掃除くらいのものである。食事は一度食べればこれ以上は食べられないが、掃除は繰り返したところで、胃袋のように文句はいわない。わたしってなによ、ばっかみたい、とは思うけど。

なにせ妙子は早起きなのだ。五時を回るころには目が覚めてしまう。若い時分には想像すらできなかったのだが、五十歳を過ぎたころから、朝は寝ていられなくなった。会社に行っていたときは――ほんの先月までは、それはどちらかというと都合の良いことであった。二度寝の安楽に落ちるのを拒んで、出勤のために無理やり起き上がっていた若いころの苦労は、ひとかたならぬものだったから。

しかし、定年退職して通勤の必要がなくなると、早起きは三文の徳どころかまったく困った習慣（というか体質）になってしまった。

五歳で幼稚園に通い出してから半世紀以上、妙子にはいつだって行くべき場所があった。幼稚園、学校、職場。しかし今、妙子は自由の中に放逐された。それは想像を超えて、落ち着かないものだった。

その落ち着かなさは、朝がもっともひどい。多くの善男善女が通勤通学のために意識のスイッチを入れるとき、のんびりしていることにひどい罪悪感を覚える。

これまでせっせと勤めてきたんだから、少しくらいは休みなさいよ。そもそも、目新しい仕事をしてみるつもりだったじゃないの。じっくり構えて面白い仕事を探すのよ。

と、殊更に胸に唱えつつ、今日もまた二度目の朝の掃除をしてしまうのである。

幸か不幸か、この家は掃除に手間取る古い日本家屋だ。

段差はあるし、デコボコは多いし、廊下は狭いし、拭《ふ》いても掃いてもきれいになったのか判別が難しいし。なにしろ、夫の祖父が建てた家だ。祖父はもちろん夫でさえ、今は極楽で精進料理を食べてくらしている。

結局、わたし一人になっちゃったじゃないの。

嫁いで四十年近くになる。夫が亡くなったのは、六年前のことだ。一人娘の真奈美《まなみ》は、結婚して東京に居る。

真奈美が小さかったころは、新しい家に住みたいとよく思ったものだった。共稼ぎだったから建て替えるのも無理ではなかったのに、ずるずると住み続けてしまったのは、夫がのらりくらりと妙子たちの要求をはぐらかしてきたせいだろう。その夫が居なくなると、建て替えるという選択肢は自然消滅した。

それにしても、オンボロの住まいである。

丁寧な暮らしを推奨するタイプのテレビ番組や雑誌では、古民家は趣きが深くて、たいそう良いものとして紹介されているが、いざ住むとなると、なかなか難儀なのだ。

隙間風はいうに及ばず、雨漏りまでする。台風が来るたびに無事に済むだろうかと心配し、あらゆる虫は出入り自由だし、セキュリティは甘いし、戸の開閉は重たいし、不気味な家鳴りはしょっちゅうのことだし、天井ではねずみが走り回っている。家事をするにしたって、今時の家に比べたら、ずいぶんと不便を強いられる。

ひとしきり文句を並べがてら、棚に飾ったこけしとにらめっこした。これは、夫が東北の出張で買ってきたものだ。赤べこも、そう。フランス人形は、真奈美が小学生のときに身も世もなくほしがったので、買ってやった。

（何でもかんでも、ここに残して行くんだから）

夫とて、あの世に土産も持って行けまいに。妙子が無茶なことを思ってヘソを曲げているのは、またぞろ自分の退職について思い出してしまったせいだ。

後に引けなくなって意地で辞めるなんて、本当に馬鹿なことだったと思う。あのとき、

「嘘、冗談」といって笑ってごまかしたら、今頃はまだ経理係長の席に座っていられただろうに。

(駄目ねえ。愚痴とか後悔とか。今さら時間を戻せるわけでもないのに、悔やむだけ馬鹿くさいわよ)

退職当時は、いろいろと楽し気な計画も考えたのだ。美術館に行く、夫の本棚で埃をかぶっている面倒くさそうな本を読破する、友だちとコンサートに行く、旅行に行く、油絵とか手芸とか……何か新しい趣味を始めてみる。そのどれにも手がついていないことを、妙子は持ち前の勤勉さゆえに、後ろめたく感じた。そして、考えることが不平不満ばかりなのも、けしからぬことだと思った。

(これじゃまるで、真奈美みたいじゃないの。あの子は本当に性格が暗くて、いつも愚痴ばっかりで、明日《あした》にも世界が破滅しそうな顔して——。だれに似たのかしらねえ。おとうさんは陽気な人だったし、わたしだってあんなに暗《く》くはないわよ)

そう思っていたら、固定電話が鳴った。奇しくも、真奈美からだ。親世代は携帯電話というものが苦手だと思っているらしく、いつも固定電話に掛けてくる。妙子に限っては、それは正解なのだが。

受話器をとるとすぐに、このところ少しご無沙汰《ぶさた》していた暗い声で「その後、どう?」と訊いてきた。

「どうって?」

——だから、失業して落ち込んでるんじゃないの?

「失業したんじゃないわよ。定年退職ですから」

——そうだったわね。定年退職よね。

憐《あわ》れむような調子に、妙子はカチンときたのだが、あえて文句はいわなかった。それでなくても、今日の真奈美はいつにも増して口調が暗くて、非難がましい。元気なときはともかく、ダメージを受けている中で真奈美と四つに組むのは、とてもしんどいのである。——さりとて、真奈美はたった一人の大切な娘だ。

「わたしは元気よ。毎日が新鮮で楽しいわ」

少なくとも真奈美にとっての母親は、人一倍に元気で明るい人間であるべきだというのが、妙子の最大のポリシーだ。なにしろ、あの子の方は人一倍に暗いのだから。

——おかあさん、何か変よ。無理してる感じ。やっぱり、失業がこたえてるのね。

「無理なんかしてないわよ。それに失業じゃないっていってるでしょ」

——ひとのいったこと、そんな頭ごなしに否定しないでくれる?

否定してるのは、あんたじゃないか。おぎゃーと生まれてからこっち、あんたの話は常に否定から始まってたわよ。と、よっぽどいってやろうかと思う。ところが、真奈美はするりと話題を変えた。

——法事、どうするの?

真奈美が予想もしなかったことをいうので、妙子はきょとんとした。

「法事？　なにそれ？」

――呆《あき》れた。おとうさんの七回忌でしょ？

「いやだ。あんたも意外とそそっかしいのね。おとうさんが亡くなって、まだ六年よ」

――ああいうのは、数え年なの。おかあさんも年なんだから、こういうことはちゃんと覚えておかないと、恥ずかしいわよ。

「あら、そうなの？　ごめんなさい」

真奈美得意の説教モードになるのを、今度は軽快な調子でかわした。冠婚葬祭の儀礼に疎いことを、妙子は気持のどこかで「若さの証明」と思い込んでいる。

「じゃあ、急いで仕度しないとね。そういえば、お寺から手紙が来てた気がしてきた」

――ちょっと、しっかりしてよ。

「ごめん、ごめん」

真奈美の暗い声を聞きながら、しかし妙子は俄《にわ》かに気持が弾みだす。急いで法事の手配をしなくては。その使命感が、体力と気力と労働力のありあまった身には、何よりの朗報だった。コンピュータの西暦二〇〇〇年問題のとき、妙子は計画係の主任だったが、やはりこんな風に胸が躍ったのを思い出す。

＊

夫の七回忌はつつがなく終わり、住職を見送った後、妙子は心地好《よ》い疲労感とともに、お茶を淹《い》れた。

娘夫婦は、喪服でバタバタと動き回っている。

父親の法要の日に、何もバタバタなんてしなくてもいいだろうに、真奈美は妙子の娘だからやはり何かというとバタバタしたがる。物置と二階の自室を何度も往復して、本やら電気スタンドやら手芸道具やら……ずっと放置していたものを、持ち出したり、またひっこめたりし出した。

真奈美たちは去年、特別養子縁組で急に十五歳の娘が出来てしまい、その子への土産に自分の古道具を持って帰るつもりらしい。

新しく買い与えたらいいものを、と思うのは、妙子がバブル世代だからか。

真奈美は真奈美で、自分の息のかかったものは特別に優れていると思い込んでいる。

いや、それは意地悪な見方かもしれない。環境問題と共に育った真奈美たちの世代は、消費が豊かさの表現だった妙子たちを反面教師にしている。善哉《よいかな》。バブル世代の価値観を引き継いだら、地球はお先真っ暗だ。

（それは、いいんだけど）

娘婿の久雄《ひさお》は筋金入りの恐妻家だから、妻を差し置いてのんびり構えるわけにいかならしく、やはりバタバタしていた。真奈美にいわれて、庭の垣根の修繕を始めたのだ。

こんなことなら、彼らが来る前に本職の人を呼んで直してもらっておけばよかった。喪服で力仕事をしている久雄が、まったく気の毒だ。後で、汗ジミができたとか泥が付いたとかかぎ裂きができたとか、真奈美にネチネチといわれるのは必定である。

（あれでもうまくいってんだから、夫婦って不思議よねえ）

妙子は少なからず無責任なことを考えて、同意を求めるように仏壇の中の夫の遺影を見やった。法事ということで、仏壇周りを丹念に掃除したから、写真の笑顔はいつもよりも快適そうに見える。

十六歳年上だった夫は、六年前に亡くなっても、まだまだ年上だ。妙子は二十一歳で結婚して、翌年に真奈美が生まれた。だから、一人娘の真奈美は、今年で三十八歳になる。立派なオバサンだわよ、と思う反面、出産を諦《あきら》める年でもないと思う。

でも、真奈美たちは諦めた。妙子には経験がなくて激励もアドバイスも相談にも乗れなかったが、不妊治療がひどく大変なものだというのは、耳学問ながら知っている。そんな大変なことを、諦めるな、根性だ、などと発破をかける気にはなれなかった。真奈美は真面目な子だ。その真奈美が「無理」と判断したのなら、それは真に無理なのである。

第一、それでなくても暗いのだ。妙子の世代的には、ネクラと呼んでいたタイプなのである。不妊治療で辛《つら》い思いをしていたときの真奈美に関して、常は従順で柔和な久雄も、ポロッとこぼした。

いやあ、なんかもう、うちのやつったら、ダークマターって感じで、ははは……。

ダークマターの何たるかを知らない妙子だったが、語感からさえ真奈美の様子をいい当てていると感心した。当時入社したてだったサイさんに訊《き》いたところ「宇宙の暗黒物質のことじゃなかったでしたっけ」との答えを得た。天文学レベルの暗さなのか。

だから、娘夫婦が不妊治療をやめたと聞いたとき、妙子はホッとしたものだ。真奈美がダークマターから通常のネクラに戻り、夫の久雄もさぞや安堵《あんど》したことだろう。それでも、夫婦はよくよく話し合ったらしい。あのネクラとの話し合いなんて、久雄は一難去ってまた一難だったかもしれないが。

真奈美も久雄も、親になることは諦めきれなかった。

それで、特別養子縁組という制度を利用して、養子を迎えた。

だれかにとって大切な子どもが、わたしたちにとって大切じゃないなんて変だわよ。

養子縁組に当たり、祖母となる妙子に対して、真奈美は自分の考えをそのように説明した。でもね、わたしにはあんたが一番だわ。妙子はついそんな言葉で水をさしてしまったが、真奈美は反論はせずににっこり笑った。その笑顔が、かつて見たことのない素直さに満ちていて、妙子は面食らってしまったのを覚えている。

妙子はちらりとだるま時計をみやり、開け放った庭と二階に向かって声を張り上げた。

「あんたたちー、いい加減に休んで、ゴハンを食べなさーい」

まったく、母親らしいセリフである。出産はできなかったけど、真奈美もようやくこういうことをいって暮らしているのだろう、他人の産んだ子でも、今は真奈美たちの大切な子なのだ。

「トミナガのお料理も久しぶり。昔は喜んで食べたけど——こんな味だったかしらね」

奮発して仕出し屋に頼んだ昼食を、真奈美は「甘みが利きすぎ」だと批判し、久雄は「ぼくは、これくらいが好き」と褒めた。

「うちは、子どもが居るから、こういう甘ったるいおかずは作らないわよ。若い子たちは、お砂糖の使い過ぎは嫌いだから」

真奈美が母親風を吹かせるので、妙子も話を合わせる。

「連れてきたらよかったのに」

そういって、名前が出てこないことに、われながら驚いた。なんと、薄情な祖母であることか。真奈美がすかさず怖い声を出す。

「瑠希《るき》よ」

「はい。ごめん。瑠希ちゃんね」

「名前くらい覚えてよ」

「もう高校生よね」

「東雲《しののめ》よ。東雲学院高校」

真奈美は得意げに箸《はし》を指揮棒みたいに振り回してから、ふとわきを見て黙り込んだ。となりで、久雄がにこにこしている。

「今年の春、合格したんです。都内でも指折りのお嬢さま高校で——真奈美は、瑠希を迎えたときから、東雲に行かせたいって思ってたんだよな」

「そうよ。本当はわたしが、そういうところに行きたかったの。でも、おかあさんに大反対された」

「反対？　したかしら？」

「よくいうわ。これからは女も読み書き算盤《そろばん》が出来ないとって——。まったく、読み書き算盤って、いつの時代なんだか。つまり、進学校とか大学とか、色気のない学問をさせたかったのよね」

「色気のある学問って何よ」

妙子が笑うと、真奈美は大真面目に答える。

「昔の少女漫画みたいな、みやびなっていうか——ごきげんようっていうか——」

それが、東雲学院高校だったわけだ。

妙子自身は高卒なので、真奈美には大学卒業の肩書は是非にも持たせたかった。もちろん、昔の少女漫画みたいな美意識は確かに妙子の中にもあった。スズランの香りとか、ピアノの細い音色とか——。

妙子の夢想は、不意に別の想念によって破られた。

──子どもが生まれたら、ブランド服着せて。幼稚園や学校の送り迎えには、自分でもばっちり着替えてメイクして──。

あの時、総務かしまし娘のだれかが、そういっていた。俗物め。何のための就学か。何のための子育てか。不愉快な気分が入道雲のように湧き出して、妙子は慌てて別の方向に気持を向けなくてはならなかった。

(だけど、その瑠希ちゃんって──)

どうして、高校受験なんてするほど大きな子を養子にしたのか。親友の潮美の話では、養子を望む親は実母の妊娠中に縁組を交わしたりするそうだ。いわゆる「お腹を痛めて」はいないものの、生まれた瞬間から我が子になる。

それでも葛藤《かっとう》はあるらしいわよと、潮美は週刊誌で仕入れた知識を教えてくれた。

──葛藤って、どんな？

──そんなこと、真奈美ちゃんに聞きなさいよ。

──聞けないわよ。聞いたら、きっとすごい暗い顔をして、すごく暗いことをいうに決まってんだから。

大袈裟《おおげさ》に怖そうな顔をして答えると、潮美は声を出して笑った。しかし、冗談のつもりはなかった。不妊治療のこと、親子関係について──そのあたりから始まって、母親の妙子に対する不平とか不満とか文句とか苦言とか、まことに楽しくない話を延々と聞かされるような気がする。なのに、こちらが少しでも自分の胸の内を話そうものなら

「それ、まだ続くの？」なんていう。そんな女だ。わが子ながら、そんな女なのだ。

そんな女は、不満そうな顔で仕出し料理を食べ終えると、また二階の自室に向かった。

お茶を飲み終えた久雄は、使った食器を台所に運ぼうとする。

「いいわよ、久雄さん。わたしが片付けるから、あんたはテレビでも見てなさいよ」

リモコンを渡すと、律儀にそれを押し頂いてからちゃぶ台に置き、垣根の修繕に行くといって立ち上がった。

「あんたも、貧乏性ねえ」

妙子もしつこく娘婿を座布団の上に押し戻す。そして、階段の方にちらりと鋭い視線をやってから、かの疑問について押し殺した声で質《ただ》した。

「どうして、あんな大きい子を迎えたの？」

「ああ、ああ」

と、久雄は人の好《よ》さそうな笑顔になる。うちのやつ、おかあさんに説明してなかったんですかとか。はいはい、まずはそこが疑問ですよね、すみません——などとつぶやいた。

「うちのやつが、どうしてもといったんです」

久雄は妻の母親の前でも、妻を「うちのやつ」と呼ぶ。亭主らしい居丈高さというにはあまりにもささやかなのだが、これを口にするとき、久雄はいかにも幸せそうな素振りをする。そのたびに、妙子はこの娘婿に対して感謝で胸がいっぱいになる。

「特別養子縁組の対象年齢は、少し前までは六歳にならない子だったんです。でも、法律が変わって、今は十五歳未満に引き上げられました」

「でも、一番難しい年ごろじゃない？」

「親の立場からいうとそうかもしれないですけど――。そもそも、この制度は子育てしたい親のためにあるんじゃなくて、子どもたちのものなんです。だから、ぼくらの都合とかは、二の次で――」

「だからといって、わざわざ困難な選択を――」

久雄の言葉をせっかちに遮った妙子だが、言葉を選びかねてもぐもぐいう。久雄は、彼にしては珍しく挑むようにまっすぐに妙子を見た。これだけはいっておかねばならない。そんな風にいわれたようで、妙子は思わず気圧《けお》された。

「ぼくもうちのやつも、瑠希を見たときにすぐ、この子がうちの娘になるって思ったんです。ぼくたちの意見は、全面的に一致したんです」

「一致、ですか」

「おかあさんのいうとおり、やっぱり小さい子の方が、養子にしやすいと思います。だから、瑠希にはチャンスが少なかったんです」

あの女の子が、家族の居ないままで大人になるなんて、駄目よ。

「うちのやつは、あの子を神さまから託されたと感じたそうです」

「神さま？」

「特別養子縁組の神さまです」

久雄は、即座に答えた。運命的な出会いだったという意味だろう。

「ぼくたち自身、瑠希と親子になりたいと、心の底から思ったんです」

「ふむ」

真奈美は性格が暗くて頑固でも、人間性はとても善良である。母親として、妙子は娘の短所をよく知っているが、美点も理解している。それを褒めてやったことはないが。

「瑠希は本当に、良い子なんです」

そういった久雄の声には実感がこもっていた。が、妙子はその中に、抹の不安を聞き分ける。それを裏付けるように、久雄は少し小さな声でいい足した。良い子過ぎて、ときたま心配になるんです。

*

「おかあさん、これから、どうすんのよ」

久雄はやっぱり垣根を直しに行き、入れ替わりに真奈美がちゃぶ台の前に座り込んだ。互いに、連れ合いの前では親と腹を割った話をするのが気恥ずかしいらしい。妙子はふと、娘の中3のときの三者面談を思い出した。

「どうするって、何が？」

「仕事なくて、暇で困ってるんでしょ？　わかるわよ、それくらい」

真奈美は全知全能の神みたいにいい放った。

「ジムに行くとか、ボランティアするとか、何かしなさいよ。認知症が始まってからじゃ、遅いわよ」

「認知症？」

妙子は甲高い声を出した。今日このときまで、認知症なんて言葉は妙子の辞書にはなかった。

「あんた、わたしのことをどういう風に見てるわけ？」

「どういう風にも何も」

真奈美は諭すようにいう。

「六十歳だからって、安心していられないんだから。来年は六十一、再来年は六十二歳になっちゃうのよ」

「そんなの当然でしょ。来年になって五十九にもどったら、ノーベル賞をもらっちゃうわよ」

軽口も諧謔《かいぎゃく》も通じないことはわかっているが、ついいってしまう。案の定、真奈美は眉間《みけん》にシワを寄せた。

「六十代で要介護5になっちゃった人、知ってるわよ」

「なんで、そんなに悪い方に悪い方にって考えるのよ」

「わたしがいつ、悪い方に考えました？」

真奈美がそんなことをいうので、妙子はタジタジとなる。いつって……。いつもだから、数え上げたらキリがないのだ。ともあれ、憤慨する真奈美は非難がましく続けた。やはり非難がましいのは常のことだから、憤慨はしていないのかもしれないが。

「わたしはおかあさんに、もっと人生を楽しんでほしいのよ。習いごとをするんでもいいし、趣味のサークルを探してみるのもいいじゃないの」

「そんな優雅なこと、してられる身分じゃないわよ。働くに決まってるでしょ」

つい、ムッとして突き放した。あんたの敷いたレールの上なんて、おとなしく走るもんですかと、中学生みたいに反抗的な気持になる。ところが、真奈美は母親の返答にショックを受けた。

「身分じゃないって、どういう意味？　まさか、借金とかしているんじゃないでしょうね」

この子はどうして、そんな暗いことばかり考えるのか。

「おかあさんはね、一生現役なの。老後なんてないの。ていうか、老いてないし」

そういって立ち上がろうとしたら、悪い具合に腰に痛みが走った。それを冷静な態度で見守る真奈美は、眉間のシワが深くなる。

「運動不足なんでしょ？　散歩くらいしなさいよ」

3　就活

真奈美に啖呵《たんか》を切ってしまった以上、もはや就職する以外に道はなくなった。妙子は一本気で一途《いちず》で、融通の利かない昭和の女である。なかなかこの年になると雇ってくれるところなくって——などという、敗北宣言みたいなことは、軽々にいえないのだ。四十年以上働いてきた女の矜持《きょうじ》として、就活なんてチョチョイノチョイよと、思い込んでいたのも否めない。なにせ、就活は新人がするものと相場が決まっている。ところが、こちらはベテラン中のベテラン社会人なのだ。就活なんて、百社でもまとめてかかってらっしゃい。

その認識は、非常に甘かった。四十年以上、ずっと同じ職場で働き続けていたということは、四十年以上、仕事を探したことがないわけである。四十年以上も昭和のタイムカプセルの中に居た妙子には、非正規として働くという発想がなかった。就職するなら、フルタイムの正社員。そうした観念が、骨肉となっている。

もちろん、妙子とてテレビや新聞は見る。今時の就職事情は心得ているはずだった。しかし、世間は世間、わたしはわたしだと思っている。潜在意識では、それは無理な理屈だとわかってはいるものの。

ともあれ、真奈美に就職宣言をしてしまったせいで、自然に「やる気」が出た。さりとて、還暦という年齢を引っ提げて、おいそれと正社員の口を見つけることが出来ずに、もどかしい日々が流れてゆく。

就職に意識が向くと、買い物も観劇も行楽も、あまり興味が湧かなくなった。しかし、高い理想は易々と実現できるはずもなく、表面的には家事と散歩という定年退職以来の代り映えのない日常を送っている。

「ふん。年寄り扱いして」

早起きしても三文のトクになんかならず、散歩しても一文のトクにすらならない。「一つの動作で二つの作業」をモットーとしてきた働き者としては、歩けども歩けども何の利益も生まない散歩という行為が、実に貴族的な無駄に思えてならない。そもそも、一文っていくらなのか。調べたら、十二円とのことだった。

(早起きは三十六円の得か。大したことないわね)

そんなことを思いながら見る公園の花は、意外なことに大層美しかった。まさに貴族的なのんびりさで犬を連れ歩く人たちの、その散歩中の犬に懐かれたりすると、これまた大層嬉《うれ》しく可愛らしい。可愛いですねえ、お名前は？　なんて訊《き》いている妙子は、自分も暇人の顔になっているのだろうと思った。

もしも、働き口が見つからなかったら、わたしもこうして老人になってゆくのだろうか。

（老人か――老人ねえ）

自分と老人がイコールで結ばれる日が来ようとは。そう考えてみると、意外なことに少しだけ楽しかった。それは、中学校に入学して初めて制服を着たときのこそばゆさとか、結婚披露宴で花嫁衣裳《いしょう》を着た照れくささにも似ている。ちょっと、待って。わたしって、おばあさんになるのを、面白がっているわけ？

楽しさと同じ程度に少しだけ慌てて、ふうっと視線を上げる。大通りから一本奥まった小路《こうじ》で、殆《ほとん》どの建物は二階家の住宅なのだが、郵便局とその筋向かいに老舗《しにせ》の家具屋の古ぼけたビルがあった。

その古ぼけた五階建てのビルの、実に古ぼけた観音開きのガラス戸に目がゆく。

経理事務募集。

A4のコピー用紙に、筆文字でそう記されていた。

立ち止まった妙子は、自分の目を疑った。これこそが、妙子の求めているものではないか！　早起きして、焦らず腐らず前向きに散歩なんかも楽しんで過ごしたことに、神さまやご先祖さまや亡くなった夫が、ご褒美をくれたような気がした。

見上げれば、ビルの壁面に『家具のタケオカ』というこれまた古ぼけた看板文字が埋め込まれていた。『タケオカ』の『ケ』の文字は外れてしまい、痕跡《こんせき》だけではあるが。

家具のタケオカは、昔からある会社だ。駅前に店舗があり、あまり上等なものは置いていないが、値段が庶民的なので利用しないこともない。真奈美が小学校に入るとき、タケオカで学習机を買ってやった。その時分は別段にボロッちい店だなどと思いもしなかったけれど、今では駅前の開発から一軒だけ取り残された遺跡みたいな風情を醸している。

しかし、この本社ビル（そうなのだろう）は、駅前店舗に輪をかけて古めかしい。でも、就活の大海へと漕《こ》ぎ出そうとしている妙子の目には、それは決して欠点には映らなかった。これぞ、老舗である。老舗ということは、信頼と実績である。大正時代に創業した株式会社オジンの社屋は商社の名にふさわしい真新しさで、それはそれで自慢だったのだが、目の前にこぢんまりと建つ控え目な建物はいかにも親し気で、まるで妙子のために身をかがめて敷居を低くしてくれているような印象さえ受けた。

そして、肝心の『経理事務』だが、これこそまさに妙子の独壇場。なにしろ、妙子は三月末日まで、オジン北関東支社の経理係長だったのだから。

――ジムに行くとか。

不意のこと、耳の奥に真奈美の声がよみがえった。

（事務に行くとか――。ああ、そういうこと）

きっと神さまかご先祖さまか亡き夫が、娘の口を借りて予言をしてくれたのだ。これぞ、神聖なる思《おぼ》し召しとかお導きとかいうものだ。普段は神も仏もありゃしない不信心者のくせに、妙子は現金にもそう確信した。かくなる上は、この募集に応じない手はない。

このまま目の前のガラス戸を開けて飛び込みたくなるのを、妙子は大人の分別でもって踏みとどまった。なにしろ、着ていたものは、真奈美の高校時代のジャージだったのである。

急がば回れ、だわ。そう唱えて、大急ぎで帰宅した。

*

まるでやんちゃ坊主みたいに運動靴を玄関に脱ぎ捨てると、妙子はサイドボードの上に立ててある電話帳を開いた。

花村家は電話会社のしつこいセールスに負けて光回線を引いていたし、WiFiルータもパソコンもあるし、もちろんスマホも持っているのだが、調べものをするときにインターネットに頼るという習慣が身に付いていない。

真奈美に知れたら、それがいかに非効率なことなのか、暗い声でトクトクと諭されそうだが、お生憎《あいにく》さま。妙子の調べものの速さには、定評がある。パソコンなんかを起動するよりずっと早く、目的の電話番号を探し当てた。ちなみにスマホとなると、電話とメールの機能のほかは、ほぼ知らない。

「もしもし、わたくし市内に住む花村妙子と申します。さきほど、御社のビルの正面口に貼りだされていた、経理事務募集の広告を拝見したのですが——」

妙子は、いかにも世慣れた調子で切り出した。先方は若い女性と思しき声で、感じよく要領もよく応じる。担当の責任者が電話を代わり、諸田《もろた》と名乗った。さきほどの女性よりは年配の、しかし妙子よりは若そうな男の声だ。

諸田はやはり感じよく要領よく話を進める。明日《あした》の十三時に、本社の会議室で面接をするということで決着した。

受話器を置くと、妙子は正座をしたまま手だけで阿波《あわ》踊りを真似て踊った。「よっしゃ」と大声でいい、にたにたと笑う。見る者が居たら眉《まゆ》をひそめるだろうと思い、一等ひどい眉のひそめ方をするのは真奈美だろうと思い、今度は声を出して笑う。

「さあ、スーツよ、スーツ」

勢い込んで立ち上がると、階段を駆け上がって寝室に向かった。タケオカではなく、別のもう少しお高い店で買った洋服ダンスを開けて「ふん」と鼻息をはきだした。そして、条件反射のように手を伸ばしたのは、細かい千鳥格子が灰色に見える古いスーツだ。古いも古い、高校の卒業を前にして、母親に買ってもらった就職活動用のスーツである。ウールの生地で、上衣の丈が短く、スカートは膝丈《ひざたけ》のフレアー。当時は「就活」という言い方もなかったし、自分が定年退職をするなど想像もつかなかったくらい昔の代物だ。

幸いにしてたった一度の就職試験で合格したので、これを着たのは試験の当日と入社式、それから職場研修のときだけだ。幸いには違いないが、もったいなくもある。いつかまた着るときがあるかもしれない、そう考えて今日まで後生大事にとっておいたが――。

「こんなの出して、どうすんのよ」

思わず笑った。娘時代のスーツを還暦を迎えても着ようなんて、おかしいを通り越して怖い。

ちらりと、目覚まし時計を見やる。これから買いに行こうかしら。だけど、明日の面接が不合格になったら、まったくもったいないではないか。

(いや、この先も就活は続けるわけだし)

しかし、失敗する予感はまるでしない。それゆえ、明日のためだけの買い物となる。断捨離流行《はや》りの折、簞笥《たんす》の肥やしを買いに行くのは、いかにも無駄な行為に思われた。

(スーツなんて、いくらでもあるんだから)

職業人として母親として、身なりをきちんとする機会はしばしばあった。そうしたときを共に過ごしてきた戦友ともいえる幾着かのスーツは、どれもくたびれてはいるが、身に着ければ持ち主に力を貸してくれるに違いない。第一、若者が着るような就活スーツが欲しいわけではないのだから、やはり新調するには及ぶまい。

(まあ、買いたかったといえば、買いたかったんだけどね)

そもそも、女の中には買い物がしたいという欲求と、節約せねばという本能が併存している。節約もそれなりに達成感があるものだ。元より明日の面接を前に、何をしても心が浮き立っている。バッグの中身を確認して、『椰子《やし》の実』を歌いながら階段を駆け下りた。夕飯を作るころには『椰子の実』は『浜辺の歌』になり、風呂《ふろ》の中ではうろ覚えの一青窈《ひととよう》を「ふん、ふん」と歌った。

＊

外観から年季が入っていることを感じさせた家具のタケオカの社屋は、いざ足を踏み入れたら「年季が入る」などという婉曲《えんきょく》表現が裸足《はだし》で逃げるような古ぼけぶりだった。エレベーターは故障していて使えないが、修理している気配はない。階段の蛍光灯は切れかけて点滅し、不吉なホラー映画の演出のごとし。割れた窓を修繕したガムテープは半分はがれ、乾き果てたかつての粘着面がくすんだガラスに貧しい模様を描いている。そんな脱力してしまうような様子を見て、レトロだとか、却《かえ》って新鮮だと思ったのは、面接を前にして分泌された前向きな脳内物質のお陰に他ならない。

面接官は、社長と専務と、昨日の電話に出た諸田業務課長だった。

声から想像していた諸田課長は、四十代後半から五十代初めほどの背高で明朗な美男子——のはずだったが、予想が当たっていたのは年齢くらいで、あとは丸ハズレ。変に色白で、小太りでしかつめ顔のオジサンである。心の底の底で、ひそかにガッカリした。

社長は創業者の長男で二代目を継いだ人。こちらは高齢だが、俳優のように見栄えのする紳士だった。専務はいかにも苦労人の番頭さんといった人物で、落ち着きない様子が微笑ましくも多少ウザい。

尋ねられたのは、前職のこと、家族のこと、趣味や特技と、なぜか血液型。部下たちに「オババ」と呼ばれてキレて辞めたなどとまではいわなかったが、概《おおむ》ねありのままを語った。合田課長に褒めちぎられたとおり、妙子は働く女性として理想的な人材である。ありのままに語れば、好感を持たれることに自信があった。

妙子の自負のまま、三人はすこぶる好印象を受けた様子である。唯一最大のネックとなるのは今年で還暦を迎える年齢だが、それを指摘した専務は紳士然とした社長にやんわりとたしなめられた。

「出来る人というのは、いくつになっても出来るものだよ」

諸田課長が「まことに、そのとおり」と良い声で賛同し、番頭さん専務は「もちろん、そのとおり、あははは」と慌てていった。

妙子は胸の内でガッツポーズをしつつ、自分を「出来る人」といってくれた社長に感謝した。士は己を知る者のために死す、なんて思った。妙子は少しばかり単純すぎる嫌いがある。

「結果はのちほど電話でお知らせいたします」

諸田課長がいんぎんに階段口まで送ってくれた。

正面口から出て、何の気なしに振り返ると、ガラス戸から「経理事務募集」の貼り紙が消えていることを発見する。

(これは——)

人材を確保したので、募集完了ということであろうか。すなわち、妙子の採用が決定したということであろうか。

(やったあ)

今夜はご馳走《ちそう》を作ろう。買い物袋は持って来ていなかったが、そのまま青果市場に向かった。

＊

台所仕事をしながら、面接での問答を胸中に反復した。思わぬ失敗をしなかったか、気付かぬトラップに落ちたのではないか、気になるあまり記憶が自動再生されてしまうのである。これは、なかなかしんどい。

(ああ)

気がつくと、ため息をついている。

社屋を出たときは自信満々だったのに、時間が経つほどに、じんわりと不安が広がってきた。奮発して初ガツオなんか買ってしまったが、結果も定まらぬうちからお祝いなんて、愚かなことをしてしまった……ような気がする。早く合格の報《しら》せをもらえたら、どんなにか美味《おい》しく食べられるものを。いやいや、不合格をいい渡されたら、道化もいいところ。カツオにだって、謝らねばならない。いやいやいや、今日の午後に面接したわけだから、いくら何でも今日のうちに結果が出ることはあるまい。

そう思っていたら、電話が鳴った。固定電話の方である。

妙子は菜箸《さいばし》と味噌《みそ》漉《こ》しを持ったまま、しばし硬直した。子機を取り上げて耳に当てるまでの、さらに短い間に「どうせ、真奈美からだわ。あの子は、ほんとに間が悪いんだから」などと思う。いや、祈るようにそう唱える。

そして、聞こえてきたのは、しごく活舌のよい高齢男性の声だった。

――もしもし、武岡《たけおか》と申しますが、花村さんのお宅でしょうか。

しゃ、社長じゃないのよ――！　社長直々って、どういうことよ――！　妙子は胸の中でギャアギャアいう。

「はい、花村でございます。花村妙子でございます」

選挙演説みたいに名乗った。続いて、どちらからともなく「今日はお世話になりまして」「日が暮れるのが遅くなりました」などと唱えあった。先方は高齢だし社長だし、妙子も分別のある大人である。いきなり本題に入るなどという無粋なことは、出来ないのであるが、このもどかしさは拷問に近い。

――ところで、今日の面接の結果ですが。

来た。空腹だったはずの胃袋が、緊張と期待でいっぱいになる。真っ白な頭の中に、お百度参りをしている自分の幻が浮かぶ。

——明日から、来てもらえますか。

武岡社長は、何でもないことのようにいった。まるで前振りの社交辞令が本題で、試験結果など付け足しであるかのように。ちょっと、おじいちゃん、こっちはずっと待ってたわけだからさ、そこを早くいってよね。お互いに悠久のときを生きている仙人とかじゃないわけだしさあ。妙子の中の一番やんちゃな部分が、呆《あき》れて文句をいう。でも、実際に口から出たのはシンプルな感謝と決意表明だった。

「ありがとうございます。一生懸命がんばります。はい、一生懸命」

一生懸命ってのは、確か、一所懸命の方が正しいのよね。でもまあ、ここで駄目出しはされないでしょ、真奈美じゃないんだから。どっちかというと、この先もずっと頑張りますって気持が伝わった方がいいもの。

妙子はそんなことを思いながら「一生懸命」を連呼し、社長は上機嫌で電話を置いた。子機を握り締めて、思わず「わーわー」と自分流の勝鬨《かちどき》をあげる。急にお腹がすいてきたが、すぐに台所へはもどらず、固定電話をスマホに持ち替えた。

慣れない手つきで、友人の潮美にメールを書いた。お互いにアナログ人間だから、自己啓発の意味でなるべくメールのやり取りをしようと決めているのである。

——再就職、決まりました。明日から働きます。もしよろしければ、仕事終わったら、夕食でもご一緒しませんか？

文面は基本的に紙の手紙同様の節度を守っている。絵文字は付けない。なれなれしい言葉は使わない。どこぞの小学校の教頭になった同級生から絵文字だらけの、変に若ぶって大失敗しているメールをもらい、二人で大いに馬鹿にしたことがある。お互いそれを覚えているから、楽し気なやり取りが出来ずにいるのだ。

ともあれ、固くて礼儀正しい文面から、潮美はこちらの興奮のほどを察知してくれた。きっとメールなんて七めんどくさいことしている場合じゃないと思ったのだろう。すかさず、電話が鳴った。固定電話ではなく、手の中のスマホだ。メールのアプリが立ち上がっていたので、どうすればいいか慌てた。何とか通話の状態にして耳に当てる。

——ちょっと、すごいじゃない。さすが妙子じゃん。なんだか、マジびっくり。

これは変に若ぶっているのではなく、二十代からの付き合いなので、ときたまその当時に戻ってしまうのだ。普段ならば二人の会話も年相応に大人しいものだが、突発的な慶事などが起ると、地金が出る。たとえ下の年代の人には滑稽《こっけい》に聞こえようとも、正直な気持と態度なのだから、痛い会話となろうがかまうものか。

「だっしょー。あの総務かしまし娘たちにも、教えてやりたいわ」

——なにそれ、かしまし娘って。正司歌江《しょうじうたえ》とか？　懐かしいわね。

「じゃなくて。いや、それはいいから。で、明日の夕飯どう？」

——いいわよ。どうせ、うちのは帰りが遅いから。

「東京本社まで通ってるんでしょ？」

——なんか激務みたいで、毎日終電で帰ってくる。いい年して、どうしてそんなに働くのかしら。理解不能〜。

潮美は「理解不能〜」のところに懐かしいテレビCMのメロディを付けて歌った。毎年年末に第九を歌っているから、声がすばらしい。

——じゃあ、午後七時にウィーンで。武勇伝を楽しみにしているわよ。

通話を終えて。カツオの切り身に振り返った。初ガツオを美味しく食べることが出来ることになり、妙子はしみじみと肩の力を抜いた。

4　家具のタケオカ

出勤のために別のスーツを出してみた。出張や会議や総会などの折に着ていたものだ。ずいぶんと以前に買って、生地や形が地味なので頻繁には袖《そで》を通してこなかった。これならば、妙子の年齢に合っているし、くたびれ加減も許容範囲だ。それにあの社屋を見れば、これ見よがしにバッチリ決めて行くのも、感じが悪い気がする。

どれどれ……と、袖を通した。

（ん？）

二の腕と肩がきつい。スカートはホックを止めてファスナーを閉めると、下腹がぽこんと飛び出した。座れば、ウエストが食い込む。

このスーツ、定年退職直後に断捨離熱が起ったときにも、一度着てみたのだ。そのときは、何の問題もなく着られていたのである。

（太った……）

退職からこっち。たまに散歩するほかは、ろくろく運動らしいことをしていなかった。とはいえ、今までだって何十年も、ことさらにスポーツなどしたためしはないのに。

それでも——。

会社の健康セミナーで再三いわれるので、駅でも会社でもなるべく階段を使い、時間の節約のためだからと常に速足だった。信号が赤だと大損をした気分になっていたものが、今では赤信号になればこれ幸いと「よっこいしょっと、一休み」なんてつぶやいている。

(こんな短い間に、太ったんだわ)

早く再就職出来たと喜んでいたが、むしろ遅いくらいだったのだ。このままのんびりと暮らしていたら、更に取返しのつかない体形になっていたかもしれない。

くわばら——くわばら。

当面の目標は、このスーツを着こなせる体形に戻ること。会社への行き帰りを徒歩にすれば、自然と運動量が確保できる。行った先はエレベーターが壊れているので、これもカロリー消費に資することだろう。また一つ、目的が増えたことは、常にも増して気持が前向きになっている妙子には、朗報でさえあった。

翌朝はまた早起きしてしまい、出勤までの時間を持て余しながら、完璧《かんぺき》な身仕度をした。オジンまでは電車を使わねばならなかったが、今度は散歩圏内である。余裕がある分、これまで作ったことのない自作のお弁当まで持ってしまった。炊事に凝り出したのは、四月以来の退屈生活の賜物で、こうして新しい仕事に役立つとは、いかにも建設的だ。結局は、全て良い方に向いていているような気がする。

始業時間の三十分前に出社した。

オジンの総務課では、三十分前に行くと妙子はいつも一番乗りだった。なにも得意になっていたのではないし、合田課長と競争していたのでもない。朝、だれも居ないオフィスに行き、三々五々に集まってくる人たちの挨拶《あいさつ》と足音をBGMに、頭のウォーミングアップをするのは、一日の作業効率を上げるのを助ける。そこから徐々にペースを上げて、午後五時半。拍子木でも打つみたいにして、その日の作業を終える。一日八時間強、一心不乱に働けば、残業するエネルギーなど残らない。終業ベルが鳴れば、帰る。

こうしたスタイルで四十年余りを過ごしたため、朝はどうしても早めに出社しないと、落ち着かない。

しかし、今朝は出社一日目だ。朝一番に何をすればよいのかも、自分の座席すらわからないのである。誰かが出社してくるまで、廊下にでも立っているよりないのか。まるで、宿題を忘れて来た小学生みたいではないか。

などと考えていたのだが、全ては杞憂《きゆう》だった。妙子より前に一人だけ、四十年配の女性社員が来ていた。社屋にしっくりとくる随分と古めかしいスタイルの制服を着ている。

大昔――妙子の実家の隣に小さな工務店があり、そこの女性社員たちがよく似た服を着ていたのを思い出した。まだ下水工事がされていなくて、この工務店の排水口から側溝にグッピーが何匹も流れ出していたことがあった。近所の友だち数人と、わあわあ騒いで報《しら》せに行った。すぐさまこういう紺色の制服を着たおねえさんが出てきて、妙子たちといっしょにグッピー救出に奔走した。その当時でも、かっこ悪い制服だなあ、大人になってもこういうの着たくないなあと思った。――そういう制服を、人生のこのタイミングで着ることになろうとは。

「なにか？」

制服の女性は、排他的な目付きで妙子を見た。今日から新入社員が来ると周知されていないのだろうか。だとしたら、この人の目には、自分は不審者に見えている。それは困る。業腹である。あの諸田課長、用意周到な人だと思っていたのに――。

内心で憤慨していたら、仏頂面の彼女は忌々しそうな声を出した。

「今日からの人ですよね。ちょっと、朝、忙しいんで。どこかに座っててもらえますか」

どこかといいながら、ついたての奥の応接セットを手ぶりで示した。

「は、はあ――」

なあんだ、諸田課長はちゃんと知らせてくれていたのね。この人が感じ悪いだけなのね。曲がりかけていたヘソが元にもどる。

座れといわれたソファは、家具屋なのにこれまたひどくくたびれていた。背もたれの角は、張った合皮が破れてつめもののスポンジがはみ出している。そこに腰を下ろして掛け時計の針の進むのをもどかしく見つめているうちに、一昨日《おととい》から高揚していた気持がようやく落ち着いてきた。今日から新しい日常が始まる。大きく息を吸い込み、

「ん?」と眉間《みけん》にしわを寄せた。

（――んん?）

鼻を動かす。息を吸う。そして、嗅覚《きゅうかく》や肺が、深呼吸を拒んでいる気配を察知した。

なぜならば――臭いのだ。部屋の空気が。

面接を受けに来てから初出勤の今の今まで、五感を圧倒するほど「やる気」が沸騰していた。「やる気」に満ちたときの妙子は、昭和のスポーツ漫画の主人公みたいに、常人離れしたパワーを発揮する。合田が妙子のことを褒めちぎっていたのは、エンジン全開になった妙子が樹立した数々の成果――あるいは奇跡を目の当たりにしてきたからだ。このトランス状態は、当人の気分で発動する。そして、まさしくこの度もそうした状態にあったわけだが……。

パワー発揮状態にあるときは、五感の働きは実になおざりになる。多少の体調の悪さなど、感じ取ることもできない。暑い寒いも、どうでもよくなる。この仕事を果たすまでは、細かいこと気にしちゃいられないという思いが、潜在意識レベルで徹底するらしいのだ。

ところが今、ふと気が緩んだ。そして、この建物に最初に入ったときから確かに捉《とら》えていたはずの「臭さ」を、ようやく察知したのである。

鼻の奥にツンとくる刺激臭。かすかに混ざるアンモニア臭。

（これは――）

トイレの臭いである。そして、同じほど鼻を刺すのはトイレ用洗剤と芳香剤の臭いである。臭いは、おそらく建物中に充満している——いや、しみついている。気付いたとたん、妙子は俄《にわ》かに呼吸することが辛《つら》くなった。同時に、「経理事務募集」の貼り紙を見た瞬間に起った猛烈なやる気が、へなへなとしぼみ出した。

（わたし、ちょっと……早まったことしちゃった？）

思えば、六十歳でオジンを定年退職しようと思ったのも、それを撤回したのも、頭に血が上ってやはり退職してしまったのも、ほんの思い付きや発作的な衝動だった。性格がせっかちなのは、小学校の通信簿で先生が毎度毎度指摘していた。かつて、十六歳も年上の男と結婚を決めたのも、妙子のそんな性格によるものだったのかもしれない。

（って、何？　わたしの人生、おっちょこちょいで出来てるわけ？）

そのおっちょこちょいのために、今、妙子はトイレ臭が充満した建物の中に居る。急に憂鬱《ゆううつ》になった。この世には星の数ほど就職先があるだろうに、何だって自分はトイレ臭い職場を選んだのか。トイレの清掃員とて、トイレ清掃の現場から離れれば、トイレ臭など嗅《か》がずとも済む。否、今の時代、こういう臭いのするトイレって珍しくない？あちこちのトイレについて思いを巡らせていたとき、客用の茶碗《ちゃわん》を差し出された。さっきの不愛想な女性である。無言で去る後ろ姿を見送ってから、目の前に置かれた丸い茶碗を覗《のぞ》いてみた。とてもうすい黄褐色の液体が入っている。

口にしたら、それは恐ろしく熱くて、かすかに玄米茶の味がした。とてつもないほどの、出がらしだった。

いつの間にかついたての向こうは出勤して来た人たちで、ざわついていた。オジンでは朝のお茶配りの習慣はずっと昔に廃れたが、ここでは続いているらしい。さきほどの女性は、真っ先に出勤して事務所内を掃除し、全員のためにお茶を淹《い》れてくれたのだ。当番なのだろうか。だとしたら当然、妙子にもその順番は回ってくることになる。――これは、女性社員だけの役目のような気がした。妙子に出された玄米茶の塩梅《あんばい》から、彼女の不満が推し量れる。いや単に、妙子が軽んじられただけなのかもしれないが。

「花村さん、おはようございます」

頭上で声がした。見上げると、諸田課長が昨日より愛想の良い顔でこちらを見ていた。妙子は慌てた様子をして立ち上がり、頭を下げて挨拶を返した。

「今日から、どうぞよろしくご指導くださいませ」

「花村さんにも制服を用意しますが、今日はまだ間に合わないので、私服のままでいてもらっていいでしょうか」

もちろんです。恐縮です。制服、楽しみです。妙子は大袈裟《おおげさ》なくらい明るくいったが、その明るさは出勤前までのハイテンションとは微妙に性質が違っていることに、妙子は腹の底で気付いている。

しかれども――と妙子は、まるで侍のように考える。ここでメゲては、花村妙子がすたる。オジンでの勤続四十年の誇りにかけて、ここでも模範的な社員として皆の尊敬を集める存在になってやる。花村妙子の実力を見せてやる。だからこそ、当面は新入社員の鑑《かがみ》となるような態度でいなければならぬのだ。

が、その決意は、ほどなく土台から揺らぐこととなる。

妙子が経理係の末席に着くとほどなく、さきほどの女性とは別の、いかにも役付きという貫禄《かんろく》の五十絡みの女性が立ち上がり、事務室内に呼ばわった。

「朝礼です」

キーキーキーと、金属音が響いたのは、その場に居る四十人ばかりが一斉に立ち上がり、年季の入った鼠色の回転いすが揃って軋《きし》み音を上げたためである。もちろん、妙子が腰かけているヤツもキーキーと鳴った。座面が硬くてゴツゴツしているので、座布団を持ってこなくてはと思う。

妙子を除く一同は、手帳ほどの大きさの本を持ち出している。その様子が、変に厳かなので、妙子の眉間に無意識にも深いシワが生じた。向かいに居る若者の方を、横目で覗いた。

『職場の教え』

優し気な書体で、そうタイトルが付されている。その下には、もっと優し気な擬人化した動物の親子の絵が描かれていた。

「つらいときこそ、笑おう。今日も一日、ありがとう。なせばなる、なんとかなる。心を一つにワンマインド。盛り立てよう、会社は家族！　一人ひとりが、経営者の心で！

信じよう、暗いトンネルの先には赤い薔薇《ばら》咲く天国の野原があることを！」

最初に号令を発した役職者と思《おぼ》しき女性が、よく響く声で朗々と発声する。

直後、妙子を除く約四十人が、やはり朗々と唱和した。つらいときこそ――。

そして、皆が同じ方向を向いて二礼二拍手一礼。その先には、白髪の老人の肖像を納めた、金色の額縁がある。社長に面立ちが似ているから、おそらくここの創業者だろう。

妙子は、直立して目を見開いたまま、気絶しそうになった。総務かしまし娘たちが、ひところよく使っていた「ドン引き」という言葉の意味が、わかった気がする。いかにも、妙子はドン引きした。

（なにこれ。神なの？　前の社長って、神さまなの？）

あまりに驚いて、何の反応も出来なかった。いや、冷静だったとしても、ここで「なにこれ」とは訊《き》けない。もちろん、逃げ出すこともできなければ、スマホの動画におさめるほどの機転さえ利かなかった。

妙子がひたすら驚いているうちに、謎のシュプレヒコールと謎の礼拝は終わり、各部署の報告と予定業務の告知が続いた。これまた当番制らしく、妙子の居る一角では向かいの席の若者が、それらしいことをいった。

茫然《ぼうぜん》自失するうちに朝礼は終わった。今日から経理係で働いてもらう花村妙子さん――ということで一同に紹介され、自分の席に突っ立ったままで「よろしくお願いします」やら「第二の人生、生き甲斐《がい》を求めて頑張ります」やら、妙子もまたそれらしいことを意外と元気な調子で挨拶《あいさつ》したが、元気さも含めて自動運転だった。あのけったいな唱和を行った人たちの中にあって、何をかいわんや。

(てことは)

あの怪しげな絵柄の冊子を渡されたが最後、妙子もあのセレモニーに参加しなくてはならない——ということだ。

(いや、かんべんして。マジかんべんして)

オジンの若い部下たちみたいな口調で、妙子は内心に叫ぶ。その目の前に、朝にお茶を淹れてくれた不愛想な女性が、分厚い伝票の束と算盤《そろばん》を置いた。

「算盤？」

思わず、驚嘆が声に出た。不愛想な彼女が、じろりと妙子を凝視する。昨今出回っている首からさげるストラップではなく、左胸に昔ながらのネームプレートがピンで留めてあった。そこに『経理係長　桜田孝美《さくらだたかみ》』と記されていた。

桜田係長は、妙子のつぶやいた問いに答えるでもなく、束毎の合計を出すようにと告げた。妙子はまだショックを受けている。

「あの——。電卓は？」

聞きながら、妙子はこの事務所の決定的におかしな点に気付いた。パソコンがないのである。どの机の上にも、一台もない。いや、課長席のとなりに一台だけある。それもずいぶんと古めかしいブラウン管のモニターが付いた、ごろりとしたデスクトップである。

あれでは、とうてい最新のOSなど重すぎて使えまい。ウィルス対策もできないではないか――などと、インターネットのイの字も知らない妙子でさえ危ぶんだ。

（ああ、そうか）

だれもおしゃべりなどしていないのに、ずいぶんと人の声がするのは、あっちでもこっちでも電話をかけているからだ。インターネットが普及する以前、メールが使えない分、電話で連絡するしかないのである。オジンでもこんな風だったっけ。思い出そうにも、記憶の風景は完全に上書きされている。

「算盤を使うのが、うちの伝統ですから」

「え？」

われに返って、妙子は曖昧《あいまい》な作り笑いを浮かべて桜田係長を見た。

「電卓など、プロが使うものではありません。ここは経理係なんですよ？　あなた経理事務に応募なさったんですよね」

早くもキレかけているのを察知して、妙子は慌てて算盤を引き寄せた。やります、やりますよ、やりゃいいんでしょ。といってやりたかったが、溜飲《りゅういん》など下がったところで損するだけ。妙子は、叱られた子どもみたいに黙々と珠《たま》をはじきだした。こちとら還暦、伝統を重んじる係長より年上だ。でも、算盤など使うのは、小学生の時分に通っていた算盤教室以来のことだが。

（ええと――。親指、人差し指――）

やってみると案外と覚えているものだった。おはじきやあや取り遊びの感覚に似ている。仕事という感じがしない。まるで郷土玩具《がんぐ》で遊んでいるみたいだ。意外にも楽しい。熱中すると五感が眠ってしまう癖が出て、辺りに立ち込めたトイレ臭さえ気にならなくなった。いや、そうではない。鼻が慣れて、臭いを感じなくなってしまったのだ。

そういった調子で一時間、一心不乱に算盤をはじき続けた。目の前に伝票の山が出来てゆくのも面白い。しかし、疲れて指がぶれ始めると、ミスが続きだした。一束が七十枚。あと少しというところで失敗すると、また一枚目からやりなおさなくてはならない。

「あー、もう。なんでエクセルじゃないわけ？」

思わず低い声で恨み言をつぶやいた。

「それはですね」

返ってくるとは思わなかった返事が返ってきて、驚いて顔を上げた。今朝のスピーチで発言していた若い男性――そばかすのおにいちゃんがニヤニヤしていた。ネームプレートには『経理係　金子《かねこ》大海』と記されている。立派な御坊さまのような名前だが、たぶん「ひろみ」と読むのだろう。

「一昨年《おととし》までは、ここでも一人一台、普通にパソコンを使っていたんです。ところがですね。あるとき――」

大海くんは、声を潜めた。

「有料サイトを閲覧したから代金を支払えというメールが来まして」

「架空請求詐欺じゃないの？」

「多分ね」

ところが、素直にこれに応じてしまった。どこから来たのかわからない請求に、少なからぬ金額を支払ってしまったのである。あとはよく知れ渡っているとおり、家具のタケオカはそっち系の「ちょろいカモのリスト」に載ってしまったらしく、次から次へと支払い請求が来るようになった。

「で、上の人たちが、こんな危ないものを野放しにしておけないってことになって、会社から一切のパソコンが撤去されたんです。それでもどうしても必要になったときのために、あれ――」

といって、課長席のとなりのパソコンデスクに載っている、あのインターネット黎明《れいめい》期のような一台を指さした。

「ブロードバンドって言葉が出る前のもんですからね。今じゃ、ブロードバンドってのもあまり聞かなくなりましたけど。もちろん、インターネットにはつながってませんよ。スペックが低すぎて、ウイルス対策ソフトなんて入れたら、動きませんから」

「でも、なぜ？」

そのことに限らず、この会社は疑問だらけだ。トイレ臭も、朝の礼拝も、架空請求に引っかかったという理由でパソコンを撤去するのも、たった一台のパソコンが恐ろしく旧式なのも、電卓すらないのも、まるで理解できない。

「例の有料サイトね――アダルトサイトでしょうけど、まあ実際に、ここで見ていた人は居るみたいで。そういうことするのは、家にネット環境がない高齢者ですよね。いろんな意味で、ネットリテラシーのない人。そういうのを、見ちゃいたいと思う人――」

そういって、大海くんはことさらに声をひそめて「社長ですよ」といった。

「なるほど」

思わず、手を打った。その悪質な請求、もしも自らのアダルトサイトの閲覧が原因ならば、怖さ百倍。インターネットのことを知らないなら、怖さ千倍である。その怖さが身に染みたからこそ、強権を発動して職場からパソコンを消してしまったわけか。

謎の一つが解けたら、もっと大きなモヤモヤが胸に湧く。――それでいいのか。

不意に刺すような視線を感じた。同時に「金子くん!」という、するどい叱責《しっせき》が飛ぶ。

思わず大海くんといっしょに、声のした方を向いた。桜田係長が、怖い顔でこちらを見ている。大海くんの名を呼びつつも、目は妙子を睨《にら》んでいた。直接に妙子に怒鳴るようなことをしないのは、こちらが目上だから遠慮しているのだろうか。

ごめんね。口の動きだけでいうと、大海くんはそばかすの多い顔でくしゃくしゃと笑い、算盤の作業を再開した。妙子は気晴らしにと、トイレに立った。

＊

正午に、学校みたいなチャイムが鳴った。それまで、事務室内には一切の私語がなかった。声はすれども、電話の応対のみ。つい先ごろまで何人かの部下を抱えて指導する立場にあった妙子でさえ、この職場の生真面目さには息が詰まりそうになっている。ここで働く面々は、こんな面白くない環境で何年も——人によっては何十年も過ごしているのか。

諸田課長に声を掛けられた。

「どうですか、花村さん」

妙子はいつの間にか封建時代に迷い込んだみたいな気がしていたから、ビクリと恐縮した。課長が下々の新入社員に直々にお声掛け下さるなんて、恐悦しごくなことなのかも。いや、実際、そのとおりなのだろう。桜田係長の鋭い一瞥《いちべつ》を、妙子は確かに見た。

「ずっと、こんな感じなんですか？」

いろんな意味を込めて、そう訊《き》いた。ずっとこんなに静かなんですか？　ずっとこういう退屈な仕事ばかりしなくちゃならないんですか？　それが諸田課長に伝わったかどうかはわからないが、答えはすぐに返ってきた。

「ええ。ずっとこんな感じです」

妙子は礼儀正しく笑顔を返したが、口角が上がっただけの福笑いみたいな顔になった。

「すみません、課長。お話し中、ちょっといいでしょうか」

別のフロアの人なのだろう。見ない感じの若者が、にこやかに登場した。自分のネームプレートを指さし、妙子に向かって会釈する。『広報係　田村隼人《たむらはやと》』と書かれていた。

「社内報の『新人紹介コーナー』に、載せたいので、花村さんの写真を撮らせてください」

「え？　あ、はい」

妙子が女性らしく居住まいを正すと、諸田課長は紳士的な笑みを浮かべて立ち去った。

この年で『新人』扱いされるのは、何やらこそばゆい。ファインダーにおさまりながら、妙子は今日はじめて気持が軽くなった。

＊

諸田課長の言葉どおり、午後もまた電話の声が飛び交う中でただひたすら算盤《そろばん》で伝票の計算をした。し続け、し倒した。実際、定時のチャイムが鳴ったときは、倒れそうなほどの疲労を感じた。

ありがたいことに、事務室のあちこちで帰り仕度をはじめる気配がする。いろいろ古めかしい風潮は多いが、残業を信奉する空気はないようだ。……空気といえば、あのトイレ臭は鼻が麻痺《まひ》してしまってまったく感じなくなっていたものの、体の方は察知するところがあるらしく、さっきから軽い頭痛がしている。

（潮美に何ていおうかしらねえ）

再就職の凱旋《がいせん》報告のつもりが、そういうわけにはいかなくなった。何より、得意になっておしゃべりする気分じゃない。

さあ、帰ろう。まずは、潮美と美味《おい》しいものでも食べよう。そう思っていたら、今日、一度も口をきかなかった若い女性社員に話しかけられた。

「お帰りの準備してるところ、すみません。花村さん、今日からトイレ掃除の当番に当たっているので」

遠慮がちな可愛らしい微笑みをうかべて、まっすぐにこちらを見ている。

「トイレ掃除？」

意表をつかれた。見れば、事務室内に箒掛《ほうきが》けをしている人が居る。

「はい。朝だと、やっぱりバタバタしちゃいますから」

女子って感じの、その若い女性はいう。そういう意味じゃなくて、と妙子は胸の中だけでいった。郷に入っては郷に従わざるを得ない。清掃は業者に依頼していないのか、なんていい出したら、電卓問題よりややこしいことになりそうだ。

はあ。思わずため息をついてしまい、慌てて笑顔を作った。女子って感じの女性は、やはり人の好《よ》さげな様子で「すみません」と、きまり悪そうにいう。いいのよ。あなたは全く悪くありませんよ。これまで、職場の掃除なんてしたことのないわたしが悪いの。でも、果たして本当にそうなのか？　やっぱり、これくらいの規模の事業所なら、掃除は専門業者に頼むものではないのか？　などと四の五のいうのは、やはり胸の中にとどめたが、連れて行かれた先が男性用トイレであることに胸中の声は悲鳴に変わった。麻《ま》痺《ひ》していたはずの鼻も、刺激臭の震源地に来たことでまた警報を鳴らし始めた。

悲鳴は口から出たわけではないが、女子って感じの女性には聞こえたらしい。いわゆる以心伝心というか、彼女もまた物申したいことがあるのだろう。

「すみません。うちの会社、こういうのは女の人の仕事って考えてる人が多くて」

「わかった。皆までいうな」

妙子は侍のような口調できっぱりいうと、了解の印に手のひらを上げてみせた。あなたが悪いんじゃないわ。今まで、よく耐えてきたってもんよ。今日はわたしにまかせて、あなたは帰ってゆっくりしてちょうだい――という意味だ。女子って感じの女性は、一番奥の個室のドアを開けた。そこは便器ではなく掃除用具が納められていた。刺激臭の大本であるトイレ用洗剤も、ちんまりと納められている。

「あの――。手順は、この通りに――」

ラミネートフィルムで補強された手書きの『男便所清掃手順』というものを渡された。フックに掛けるために右肩に通された、よれよれになった事務用の黒い綴《と》じ紐《ひも》が、何かにとどめを刺しているような感じだ。

「大丈夫よ、まかせてちょうだい。じゃあ、おつかれさまです」

妙子の頼もし気な態度に安心したらしく、女子って感じの女性は明らかにホッとした顔になる。この子、ひょっとしたら猫に鈴を付ける役を押し付けられたのかもしれないなあと思った。猫というのは、もちろん妙子のことである。これまで幾多の猫（女性の新入社員）たちが、この男便所清掃というトラップに腹を立てて、辞めて行ったのかもしれない。

はああ。思わずため息をついてから、慌てて息を止めた。

「さあさ、掃除よ。昭和の女は、頑張るのよ」

声に出していって、柄の付いたたわしで小便器をこすり出す。辺りはしんとして、たわしの摩擦音と、換気扇の音だけが耳に付いた。

5　孫、登場

ウィーンは、オーストリアで修業した店主が自慢の洋菓子を供するカフェである。いつもほどよい音量で、決まってモーツァルトが流れている。客の多くはちょっとばかりよそ行きの装いをした奥さま方で、可愛らしいカップに注がれた珈琲《コーヒー》と工芸品のような菓子を前に、小さな声でおしゃべりを楽しんでいる。

そのウィーンにたどり着いたとき、妙子は疲労困憊《こんぱい》していた。

(なんの、これしき)

一日座って算盤を置いていただけ。帰りがけにちょっとトイレ掃除をしただけ。オジンでの四十余年の勤務の中では、もっと八面六臂《ろっぴ》の活躍を求められたことは山ほどあった。

しかし、それでも、なお、今日の妙子は人生で最悪ってくらいに疲れていた。

もう何が何だかわからない状態で椅子に腰かけた妙子に向かい、先に来ていた潮美は得体の知れない災厄を傍観する人みたいな顔をする。そして、いった。

「あなた、臭いわよ」

妙子は、雷に打たれたようにショックを受ける。押しつぶすほどの疲労さえ、束の間消し飛んだ。

「え……」

潮美の声が大きかったのか、それとも妙子がよっぽど臭いのか、ほどよく混んだ店中のお客とウェイトレスが、いっせいにこちらを見た。彼女らは例外なく、険しい顔で声をひそめ、同行の者同士でひそひそ声で話し出す。あるいは、何も見なかったように、持参した本やら書類やらに没頭したフリをし始める。それでも、一同の肩の辺りから立ち上るオーラが見えた気がした。拒絶とか侮蔑《ぶべつ》とか「いやねえ、おほほほほ」とか。なによ！　こっちは後ろ指をさされることなんか、これっぽっちもない！

そう思うほどに、いつもの愛想の良さで近づいて来るウェイトレスが、臭気取締官のように見えた。臭気取締官って、何だか知らないけど。

おそれいります。ほかのお客さまのご迷惑となりますので、臭すぎる方のご来店はご遠慮いただいております——。

なんていわれそうな気がして、妙子は反射的に立ち上がった。椅子が大げさな音を立て、モーツァルトのよどみなく麗しい音の波を乱す。また一同の視線が集まった。今度は剣呑《けんのん》な態度だっただけに一層胡乱《うろん》げな目を向けられてしまったのだが、それに気づく余裕はなかった。

妙子は呆気《あっけ》にとられる潮美を残して、店を出た。

なにやってのんよ。店の人は注文を取りに来ただけなのよ。臭いからって、追い出されるわけないじゃないの。でも、こんな臭いして、ウィーンみたいな店には居られないわ。ああ、恥ずかしい。どうして、着替えるとか思いつかなかったのかしら。

＊

（それより――疲れたわ）

暮れ方の歩道で立ち止まり、そこが公園の入り口だったので、ふらふらと中に入った。噴水のある浅い池のそばにベンチがあり、思わず座り込む。他人行儀に咲くアヤメの色が、変ににじんだ。

「どうしたのよ」

頭の上から声が降ってくる。

驚いて顔を上げると、潮美が立っていた。小柄で大人しい潮美が、なぜだかひどく逞《たくま》しく頼もしく見えた。それで、妙子は今日の初出勤からの一切合切を打ち明けた。

「そんなことで泣き寝入りするの、あなたらしくない」

潮美が怒った声でいった。

「泣き寝入り？」

「泣き寝入りじゃないの。そんなおかしい会社に無理難題いわれて、はいはい従ってるなんて、花村妙子じゃない」

「おかしい――かな。おかしい――よね」

「呆《あき》れた。なにそれ、マインドコントロールってヤツ？」

「え？」

　マインドコントロールとは、妙子が心を支配されていたということか？　だれに？　家具のタケオカに？　それとも、還暦の新入社員は従順が第一と思い込んだ自分自身に？

「おかしいわよ。おかしいでしょ。いい？　聞きなさい」

　潮美はとなりに座り込むと、短くて華奢《きやしや》な人差し指を立てて、それを振り立てた。

「なんで、あなたが男性トイレの掃除をしなくちゃなんないのよ。あなたン家《ち》は、先祖代々仏教徒で浄土宗《じようど》で、こないだ旦那《だんな》さんの七回忌までしたのよ。なのに、どうしてそんな変な宗教みたいなのに参加しなくちゃなんないのよ。それに、そのパソコンの話だって、電卓の話だって、どこの世界の話なのって感じするわよ」

　第一、臭いし、と潮美は容赦なくいう。

「辞めちゃいなさいよ。逃げるなら、早い方がいい」

　辞める？

　妙子は、目をぱちくりさせて潮美を見つめた。初めて聞いた言葉のように響いた。実際、妙子の認識にそれは含まれていなかった。否、オジンを退職したばかりなのに、またぞろ「辞める」だなんて、大変に怪《け》しからぬことだから、そんなこといえないのだ。辞めるなんて、考えるのも不謹慎なことなのだ。

「じゃあ、あなた、明日《あした》もその会社に行くの？　明日も明後日《あさって》もずーっと、行くの？」

「え？」

「毎日、そんな臭くなって帰って来るの？」

「いや――」

妙子はうつろな動作で自分の腕の臭いを嗅《か》ぎ、トイレ掃除は当番制みたいだから毎日じゃないとか、小さな声で反論した。

「それに、感じの良い人だって居るのよ」

向かいの席の大海くんは可愛いし、トイレ掃除のことを教えてくれた女性は健気《けなげ》な感じだし、社内報の彼は溌溂《はつらつ》としていた。

「あのねえ、妙子、冷静になりなさい」

そういう潮美自身が相当熱くなっているように見えたが、妙子はしゅんとして聞く。勝気な妙子のそんな態度が、潮美にはよけい痛々しく映ったようだ。

「その社内報には、あなたの顔写真と個人情報が載るわけよね」

「そうだと思う」

「もう、しっかりして。こんなにも個人情報の扱いが微妙な時代なのよ。その溌溂クンは、あなたに掲載していいか承諾を求めた？　あなた、それを許可したわけ？」

「え――。いや――」

もう、しっかりしてと繰り返し、潮美は妙子の膝《ひざ》を叩《たた》く。

「その『新人紹介コーナー』ってのが、そもそも怪しくない？　タケオカの規模の会社で、そんな企画をするくらい頻繁に新入社員が居るとは思えないんだけど」

「どういうこと？」

妙子がぼそりと問うと、潮美は「今日のあなた、異常に鈍いわね」と非難がましくいう。

「つまり、それだけ頻繁に、人が出入りしてるのよ。しょっちゅう辞めて、しょっちゅう募集して、しょっちゅうあなたみたいに入社しちゃう人が居るのよ」

「だけど――」

巷《ちまた》で問題になっているブラック企業とは、たしかにちがうと思う。確かに一般的じゃないところも多いけど、悪の組織って感じではないのだ。若い社員は、本当に感じがいいし。――などと、家具のタケオカのために懸命になって弁護する妙子をじっと見て、潮美は小さくかぶりを振った。

「大人なんだから、自分で考えなくちゃね」

別れ際に、潮美はそういった。

結局、食事には行けなかった。妙子が臭いので、どこの店に行くのもはばかられたのである。

店に入れなかったのと同じ理由で、バスにもタクシーにも乗れなかった。乗り合わせた年端のいかない子どもに「あの人くさーい」などといわれたら、今度こそ完全に心が折れてしまう。タクシーは密室だから、それこそ大変である。妙子の気性からいって、素知らぬ顔で通すなどできるわけがない。乗ったとたんに「運転手さん、わたし、臭いでしょ。実はね——」なんて一から説明してしまうのだ。ドライバーから潮美と同じような同情や心配やアドバイスをもらったら、また「大丈夫」「平気」なんて心にもないことをいわねばならない。

(それは、ちょっと、勘弁……)

＊

疲れていたこともあり、帰宅するまで一時間二十分を要した。胃袋がからっぽなのは、感覚的にわかる。でも、まずは嗅覚《きゅうかく》に馴染《なじ》んでしまったこの臭いを落とさねばならない。

少し寒かったが、浴槽にお湯をためることはせず、シャワーだけを使った。お湯の中でゆっくりしたが最後、今日の出来事が脳裡《のうり》に再投影されることは確実だからだ。

けれど結局のところ、何をしていても走馬灯のごとく、万華鏡のごとく、映画の予告編のごとく、記憶は間断なく再生された。夕飯の仕度をしていても、食べていても、洗い物をしても、テレビをみていても、妙子の意識は算盤《そろばん》をはじき、男性トイレの小便器を磨いている。

――じゃあ、あなた、明日もその会社に行くの？　明日も明後日もずーっと、行くの？

潮美の言葉が、耳の奥で鳴った。

「無理！」

妙子は一人で居る茶の間で、つい大声を上げて立ち上がった。

「無理無理無理無理無理無理。行けない、辞める、根性なしでもいい！」

気がつくと、夫の遺影に向かってそう宣言していた。額縁の中の小さな盆栽の鉢を抱えた夫は、ただにこにこと笑っていた。

＊

退職願を持って出社したのは、昨日とは違って始業時間のぎりぎり前だった。

実際には、早くなった夜明けとほぼ同時に起きていた。早起きは常のことだが、気がかりなことがあれば、拍車がかかった。花村妙子を知る人は、あれは海千山千の食えない女だなんていうのだが、本当は繊細なのである。それを知るのは、亡き夫と一人娘の真奈美と親友の潮美くらいだ。

（まあ、いいけど）

昨日、やる気と希望に満ちていた心は、今日はまるで死後硬直でもしたみたいに冷たく固くなっていた。トイレ臭は昨日ほど強くは感じなかった。一日で鼻が慣れたのか。あるいは昨日は、夫があの世から「やめておけ」と合図を送ってくれていたのかもしれない。

「あなたは、われわれとは違う価値観をお持ちなのですね」

退職願を受け取った諸田課長は、硬い表情でそういった。

価値観とは？　確かに、わたしは男便所の掃除をすることに、価値を覚えませんけど？

と、いってやりたかったが、それは呑《の》み込んだ。一つ会釈して、無言で事務室を出た。

あの女子って感じの女性と大海くんの視線を、確かに背中に感じる。ごめん、わたしは所詮《しょせん》、温室育ちの軟弱者だったわ。そういって謝りたい気持にもなったが、もちろんしなかった。

ところどころリノリウムの剝《は》げた階段を下りるころには、行き場を失った感情が沸騰した薬缶《やかん》の中身みたいに、頭の中を暴れ出す。

「エレベーターくらい、直しなさいよ」

故障中と書かれた貼り紙を睨《にら》んでボソリと呟《つぶや》くと、正面口を出る。

昨日一日分の賃金は、支払われることはなかった。

＊

五月の風には、本当に薫りがある。

季節感を感じなくなったのは、いつごろからだろうか。それは忙しかったからか、年を取って四季の繰り返しなんて飽きてしまったからか。

隙間風の多い家だが、窓を大きく開けて換気しても、寒くなくなったのは喜ばしいことだ。さて、今日は何をしようかと、空を見ながら思う。何をしようかの何の中に、就活は含まれていなかった。認めるのは癪《しゃく》に障るが、家具のタケオカでの体験が、尾を引いている。あのときのことで、思いのほか、心に傷が残ったのだ。それは算盤で疲れたとか、男便所の掃除がいやだった――ということではない。いいたいことを相手に伝えなかったことで憤懣《ふんまん》がいまだに消化されず、それが自家中毒的に暴れまわるのである。

だからといって、全ての人間が心の中をぶつけ合っていたら、この世は暗黒地獄と化すだろう。忘れる、通り過ぎる。たとえ負け犬になったとして、それしかできないことの方が多い。

「いやあね」

くさくさした気分も換気してしまおうと、深呼吸をしてみた。

（ああ、のんびりしていいわあ。――え、ちょっと待って）

酸素と植物の薫りが効いたのか、いやな気分が別の気分と入れ替わった。

それは、「焦り」である。でも、早く仕事を見付けなければ、という焦りではない。逆だ。まあ、このまま引退しちゃうのも悪くないんじゃないかしら、などと思い始めていることへの焦り。妙子は今、人生の転換期に直面している。その激動加減は、思春期というものを彷彿《ほうふつ》とさせた。だから、ますます焦る。思春期なんて、いい気なもんだ。これから現役へと成長する昇り龍《りゅう》だ。しかし、今、妙子が直面しているのは、「引退」であり、「隠居」である。それも良しと頭の中の10パーセントくらいが思い始めている。いや、45パーセントくらいかも。由々しき事態ではないか。

心地好《よ》さと心地悪さのはざまで、でも傍《はた》から見れば至極ご機嫌そうに、花屋のウィンドウをひやかし、となりの豆腐屋でおからドーナツを買った。おからドーナツという響きはヘルシーな感じがするし、のんびり暮らしの属性を持つように思った。いかにも、生活を大事にしている人の食べ物のような気がする。

（ああ、もうこんなものを買っちゃって）

などと思いつつも、心が軽くなるのを覚えながら帰宅した。

前庭の飛び石を踏んで、草取りしなくちゃと思う。これからは時間もできることだし、花の咲く木も植えたいわね。ライラックみたいな――。

玄関の引き戸に手をかけたとき、何やら違和感を感じた。その正体に思い当たらないまま、鍵《かぎ》を回す。違和感は、ふっと増した。鍵の回る方向が逆だったのである。そして戸を引いたが、開かない。――開いていた鍵を、閉めてしまったのだ。

施錠を忘れた？

こんなミス、現役のころは一度もしたことがない。たまに夫が施錠を忘れると、ガミガミ叱っていた。あの人は、わたしが居るからのんびり屋だったのだ。一人暮らしのわたしが、警戒心を失くしてどうする。

（泥棒に入られたらどうする気よ。隠居もいいなんて思ってるから、こんな――）

玄関のたたきに、見知らぬ運動靴がきちんと並んで鎮座していた。デザインからして、若い女性の履物に見えた。少し古ぼけているが、そう見えるのは洗濯し過ぎですり切れ気味なせいもある。それが隅っこの方に、つま先を外に向けて、遠慮深げに並んでいた。

そんな具合に、見知らぬ運動靴は見るからに善良そうに存在していたのだが、「見知らぬ」という事実を認識するのは「善良そう」という印象に先んじる。

すわ、泥棒！

勢い込んで、しかし足音を殺して上がり込んだ。逃げようなどと思わないのは勝気な妙子らしいが、まずはおからドーナツを台所に置くなんて呑気《のんき》な真似は、以前の妙子ならしなかったはずだ。

しかして、運動靴の持ち主は茶の間に居た。舅《しゅうと》かその父親の代からある津軽塗《つがるぬり》の座卓の前にぺたんと座って、コンビニで買ったらしい弁当を食べていた。二十歳前の女の子だった。もちろん、見知らぬ人物である。まっすぐな髪の毛を肩の辺りまで伸ばし、浅黒い肌に大きな目、将来はずいぶん美しくなるだろう顔が、こちらを見て笑った。大きな目が細くなると、意外なくらい変な顔になった。お人好しそうな笑顔だ。

「こんにちは。初めまして」

妙子を見ると弁当を置き、居住まいを正し、そういった。そして、付け加える。ばあば、と。

「ばあば？」

「瑠希です。真奈美さんの娘にしてもらった瑠希です」

妙子の怪訝《けげん》そうな問いに、女の子は明朗に答えた。ああ、あの特別養子縁組の——。そう了解すると同時に、祖母たる自分が娘の娘——この孫にまだ会ったことすらないことに罪悪感を覚えた。同時に、この唐突な登場の仕方に腹を立てた。正反対の感情は、結局のところ人間らしい反応に変わる。

「あなた、どうしたの？」

妙子は目を丸くし、ちらりとカレンダーを見て、今が連休中だということに気付いた。なるほど、ゴールデンウィークだから祖母に会いに来たのか。祝日を忘れるなんて、わたしも優雅なご身分になったものだ。去年までは、正月休みを終えたらすぐ、五月の連休を待ちわびていたのに。

＊

瑠希は、茶の間でせっせと本を読んでいる。尋ねると、哲学的過ぎて覚えられない書名と、舌を嚙《か》みそうな外国の作家の名前を告げられた。妙子がたまに読むミステリーや恋愛小説とは違うタイプの本らしい。

「それ、面白いの？」

「面白いです」

こちらを見て例の変顔に近い笑顔でいうと、瑠希はまた本にもどった。

会話が続かない。いや、未成年をどう扱っていいのやらわからない。この家に、自分以外の人間が居る――しかも、初対面の孫が居る。それは、いわゆる空気のような存在と正反対の相手だ。そして、空気のような存在になるべき相手なのである。親しくなり、情報交換をしなければならない。なのに、瑠希は本から目を上げないのだ。

（ああ、もう。この子ったら、何かいってよ）

夫が本好きだったので、読書の最中に話しかけられるのは迷惑千万だと承知していたが、今は会話の方が優先されるべきだと思った。だから、意を決して話しかける。

「ドーナツ、食べない？」

「わあ。いただきます」

瑠希は嬉《うれ》しそうにいった。その瞬間、ついさっき、瑠希が弁当を食べたばかりなのを思い出した。これは気の利かないことをしたと思ったが、勧めた以上は出さないのも変だ。台所に立つと、瑠希はちょこちょこと付いて来た。上背があるが痩《や》せているせいか、若いせいか、本当にちょこちょこした感じだ。

手伝おうとしているのだと了解して、良い子なのねえと思った。いいから、部屋で待ってなさいといっても、やはりちょこちょことほうじ茶など淹《い》れて手伝い出す。瑠希には、前に買ったディズニーの絵の付いたマグカップを出した。養子縁組のことを真奈美から聞いてすぐに買ったものだ。もう少し早く使うつもりだったのだが——いや、瑠希には少し幼過ぎたろうか。

瑠希は自分用のカップを見て、とても喜んだ。これも無理をしているのかもしれないと思ったが、まあまあ良い雰囲気になってきた。結局のところ、カップもおからドーナツも、なかなか良い買い物をしたものだ。

そう思って気をよくしたのだが、肝心のドーナツはあまり美味《うま》くなかった。この微妙な状況において、ドーナツが不味《まず》いというのは大きな懸念材料だ。

(あんたさあ、わたしの敵なの?)

食べかけのドーナツを睨《にら》んでいたら、瑠希は「おいしいですね」といって二つ目を手にとった。

「無理しなくていいのよ。残していいのよ」

「え？　美味《おい》しいですよ」

瑠希は不思議そうにこちらを見つめてから、また変顔でにっこりした。

「ばあばは、就活中だって聞きました」

「ああ、真奈美から聞いたのね」

そういいつつ、ふと経理係長時代のように背筋が伸びたのは、真奈美の名が出ていささか緊張したせいか。あるいは、初対面の孫の前でまだ緊張し続けていたせいか。

「そのばあばというの、やめなさい」

「え？」

「ばあばなんて日本語は、ありませんよ」

祖母なんて立場に馴《な》れていないので、どうにも落ち着かない。いや、総務かしまし娘どもがいった「オババ」を思い出してしまって、気分が悪い。そもそも「じいじ」「ばあば」呼ばわりに文句をいっていたのは、亡き夫だった。妙子も古い人間だが、夫は十六歳も年上なだけあって、もっと昔風の人だった。友人知人の孫自慢でその語を聞くたびに、「そんな日本語はない」と後で陰口をいっていたものだ。

おそらく、新しい言葉が耳障りだったのだろう。平成に出来た言葉など、夫にしたら軽薄な流行語なのだ。妙子は配偶者に安易に追従しない女のつもりでいたが、女というのは基本的に、夫の意見を重んじるものだ。夫の好きなテレビ番組はいっしょに見るし、夫が贔屓《ひいき》にしている野球チームが勝つと何となく嬉しい。そんな理由から、妙子も「じいじ」や「ばあば」にはアレルギーがある。夫は孫ができたら「おじいちゃんと呼ばせる」といっていた。「おまえは、ばあばの方がいいのかい？」なんて、遠慮がちに訊《き》いてきた。あのときは、何て答えたっけ。

「おばあちゃんと呼びなさい」

そう呼んでもらうのは、乳歯の生えかけた乳くさい口からだと思っていたが――。

（大きい孫が出来ちゃったものよね）

そう思うと、変な感慨がある。もしも夫が生きていたら、自分の十倍くらいドギマギして「じいじ」でもＯＫを出した気がする。

（ばあばでもおばあちゃんでも、実感がわかないのよ。だって、わたしまだ六十だもん）

かといって、ハイカラに「妙子さん」と呼ばせるのは、養子のこの子には酷な話だ。瑠希は、せっかくの連休を使って祖母に会いに来てくれたのだから。

「おばあちゃん」

こちらの気を悪くさせたと思ったのか、瑠希は申し訳なさそうに小さい声でいった。妙子はいかにも嬉しそうに、「そうそう」とうなずいてみせる。瑠希は、少しだけ決まり悪さを残した様子で、笑った。わたしもめんどくさい年寄りって感じよねえと、妙子も少しだけ決まり悪そうに笑った。

かつて「新人類」などといわれた世代の自分は、いつから古い人間になったのだろう。昔の歌謡曲に出てくるみたいな、「停車場」とか「波止場」とか「マロニエ」とか、今では耳にすることのないような響きに、ふうっと憧憬《どうけい》を覚える。なぜか自分の青春時代——バブル期だが——の文化文物には、懐かしさよりうんざりする気持の方が強い。

「はい、おばあちゃん」

瑠希は、明朗な態度でもう一度いった。この子は本当に逆らわない。そう思ったので、何気なく口にすると、瑠希は明るく笑った。

「逆らうなんて、とてもとても」

「だって、あなた、反抗期の年頃なんじゃない？」

真奈美の反抗期なんて、暗黒爆弾と同居しているみたいに、おそろしげな日々だった。かつての暗黒爆弾と同年輩の瑠希は、まるで別の生物のように見える。

「反抗なんて罰が当たります。わたしって、こうして生かされてるだけでも、ありがたい立場ですから」

さらりと、明るい声でいった。

（そんな、あなた——）

妙子は今日の日付が赤く印刷されているカレンダーを、もう一度ちらりと見た。瑠希は今、暗黒爆弾よりもっと重たい荷物を抱えているのではないか。泣きたいときや怒りたいときに笑わねばならないのに比べたら、青春の悩みなんて悩みのうちに入るまい。

6　二人暮らし

その夜、瑠希と二人でテレビを見ていたとき、電話が鳴った。固定電話ではなく、スマホである。娘夫婦は普段は固定電話に掛けてくるが、瑠希といっしょに居るのを念頭に置くなら、妙子が場所を移動できるスマホに寄越《よこ》すだろうと思っていた。それなら、瑠希に聞かせたくない内容の電話というわけだ。つまり、瑠希の電撃訪問は、連休の無邪気な旅行ではなく、家で何かあって逃げて来た可能性が高い。とどのつまり、家出。

画面を見たら、娘婿の久雄からだった。そおら、おいでなすった。妙子は、時代劇に出てくる腕利きの岡っ引きみたいに内心で呟《つぶや》く。

妙子と同様、瑠希もやはりこの電話を予期していたらしい。ご機嫌な様子でテレビを見ていたはずなのに、さっと立ち上がると階段をのぼっていってしまった。あの子は苦労人だと思うにつけ、本来ならば反抗期で勝手放題に青くさいことをいっているべき年頃の少女に、こんな分別を強いる娘夫婦がむやみに憎たらしくなった。

――瑠希、そっちに行ってませんか？

通話が繋《つな》がったとたん、久雄がいった。切羽詰まった感じを受けた。背後からクルマの音が聞こえる。外から掛けているのだ。

来ているけど。そう答えると、久雄の安堵《あんど》が伝わってきた。

「何かあったのね」

——何というか、その——。

久雄は口ごもった。彼は優しい人間だが、優柔不断でもある。いや、久雄が優柔不断になるのは、妻と義母の間に入ったときと決まっていた。今日はそれに娘が加わった。それで、家の外からこっそり掛けてきたのだろう。

何というか、その。と、久雄は繰り返した。

それから瑠希の電撃訪問の真相を聞きとるのには、少なからぬ忍耐と探偵のような推理力を必要とした。

「要するに、瑠希は学校を辞めたいといい出して、真奈美と衝突して家を飛び出しちゃったのね。それというのも、瑠希にはやりたいことがあったのに、真奈美が自分の憧《あこが》れであるお嬢さま学校なんかに入れるもんだから、瑠希は深刻なアイデンティティクライシスに直面した、と」

アイデンティティクライシスなんてハイカラな言葉使っちゃって、わたしもまだまだ出来る女って感じじゃないのと、妙子は意識の奥で気分が良くなる。ただし、現状はそれどころではないようだ。

「真奈美は、転校または退学したいという瑠希の訴えに耳を貸さず、例によって自分の価値観を押し付けた。瑠希は、自分は反抗なんか出来ない立場だと思っている。でも、とうとう我慢が出来なくなった、というわけなのね。ふん、目に見えるようだわ」

親の立場でも、真奈美は扱いかねる女だ。夫の久雄とて、扱いかねている。だったら、子の立場の瑠希は――充分に成長してから養子縁組した瑠希は――。その心情を思い遣《や》ると、気の毒で胸が痛くなる。

――あ、でも、おかあさん。真奈美は決して悪気では――。

「わかってる。わかってます」

妙子は苛々《いらいら》と遮った。

「うちの娘は、悪人ではないの。ただ、とてつもなくネクラで頑固なのよ。あら、ネクラって言葉、わかる？」

――わかります。根が暗いって意味ですよね。昭和の流行語は、うちの親もよく使いましたから。

古くて悪かったわねという言葉を呑《の》み込んで。妙子は強い声でいった。

「わたしが、これから真奈美にいってやります」

――ま、待ってください。

久雄は、慌てた。

――今、あいつ、ヘソを曲げておりまして。おかあさんに電話したなんてわかったら、ぼくが怒られてしまうんです。

「なによ、それ。あの子、独裁者にでもなったつもり？　おふざけでない！」

妙子のいい方は、どこかガスバーナーを連想させた。それだものだから、久雄はすっかり恐れをなして、「すみません、すみません」と連呼した。

「わかったわ、久雄さん。あなたからの電話はなかったことにします。でも、これからあの子に電話を掛けますよ。あの子だって、瑠希の居場所がわからないんじゃ、本当は気が気でないでしょうからね」

――はい……。そうですね……。

久雄との通話を終えると、すぐに真奈美の自宅に掛けた。固定電話に掛けたのは、真奈美が電話の前で待っているような気がしたからだ。久雄が隠そうとも、外から妙子に掛けたのは、真奈美は先刻承知のはず。いや、真奈美は、正反対の態度をとりながら、夫がこちらに電話するのを期待していたはずなのだ。

案の定、真奈美はワンコールで出た。

「瑠希、こっちに来てるから」

軽い調子でそう告げたら、久雄のときより強い安堵の気配が伝わってくる。しかし、続く瞬間には、マシンガンよろしくの勢いでしゃべり出した。

瑠希の家出――確かに、家出なのだ――の経緯は、おおよそ久雄から聞いたとおりだった。瑠希は東雲学院を退学して、都立高校に受験し直したいらしい。

「一年浪人した子は、わたしの同級生にもけっこう居たわよ。長い人生だから、一年くらいどってこと――」

マシンガンは再び火を噴いて、「どってことなくない！」と高い声でいった。

真奈美は、未成年にとっての一年の重さは年寄りの一年とは比較にならないと主張した。そもそも、東雲学院を退学するなんて、絶対に後悔するといった。

「いや、あの子は、東雲に入っちゃったことを後悔してんのよ」

――未成年に、そんな判断力なんかありません！

真奈美は大いに興奮して、いい募った。

――あの子、将来、土木の仕事に就きたいなんて、いうのよ。

「土木？　土木ってと、年度末にやってる道路工事みたいなの？」

思わず無邪気なことをいった。他の多くの職業や産業と同様、土木という分野は妙子の人生からは遠いところにあった。

――ていうか、橋を架けたり、ダムを造ったり、みたいな。

「ええ、すごいじゃない。でも、女の子にしては、珍しい夢だわね」

そう口を衝《つ》いたのは、妙子が古い認識の持ち主だからだが、真奈美の反応はさすがにうなずけない。

――そうよ。何が悲しくて、女が土木の仕事なんか。

「ちょっと、待ちなさい。そういう決めつけは、おかしいわよ。それこそ、差別ってもんでしょうが」

――よくもそんな綺麗《きれい》ごとがいえるわね。おかあさんは、何もわかってないのよ。あの子は、外国で働きたいっていうのよ。外国で土木の仕事がしたいって――。

妙子の頭の中に浮かんだのは、スエズ運河や、アスワンダム、アスワンハイダムのことだ。もっとも、土木とは遠い人生を歩んできた平凡な主婦兼会社員だった身には、それがどこにあっていつできたものか、はっきりとはわからない。でも、瑠希がそんな地球規模の大工事に携わることを夢見ているのならば、これ以上なく崇高なことに思えた。

――そうじゃないのよ！

真奈美は、悲鳴みたいな声で否定した。

――あの子は、困っている人を助けたいっていうの。

「素晴らしいじゃない」

――そうじゃないのよ！　紛争地帯とか、戦争でインフラが壊れちゃった国へ行って、道路を直したり橋を架けたりする仕事に就きたいっていうの！

「あら……」

それは、スエズ運河をこしらえるよりも、もっと崇高な志だ。どれほど褒めても、褒めたりない。そんな高い精神性を持った少女が、自分の孫になってくれたことに、妙子は戦慄《せんりつ》に近い感動を覚える。しかし、当たり前の戦慄も覚える。

（そんな、危ない――）

妙子の海外経験といったら、新婚旅行で台湾に行った一度きりである。日本の外で何が起っているかなんて、日本の新聞とテレビというフィルターを通した情報から得るだけで、それで別に不自由もしていない。だけど、実際にはもっとすごくてとんでもないことが起っているのだろう——とは、何となく思っている。

そういうのを無明《むみょう》っていうんだよ。真理を知らないこと。知らないからこそ、よけいなことを考えて、馬鹿なことをする。なんて夫がいっていたのを思い出す。自分だって、新婚旅行でたった一回だけ台湾に行ったきりなのに。

妙子の沈黙に、受話器の奥から猛烈ないら立ちが伝わってきた。とても一言で片づけられることでもないので、まずは「それじゃあ、あなたも心配ね」と曖昧《あいまい》にいった。

——ともかく……！　わたしは、絶対に許しませんから。

妙子の反応を同意と判断したらしく、しかし気持を抑えられない真奈美は、恐ろしい声でいった。元より頭ごなしに反対する・否定する・ダメ出しするのは真奈美の独壇場だが、今日はいよいよ鬼気迫るものを感じる。

自らも無明の中に居ると承知の上で、妙子は娘もまたやみくもな恐れに駆られているのだろうと思った。そんなやみくもに怖い場所へと、よりにも選《よ》って我が子が人助けに行こうといったら、反対するのは人情だ。桃太郎《ももたろう》の祖父母みたいにはいかないのだ。

だから、そこで終わっていたら、妙子も真奈美寄りの意見を持ったかもしれない。でも、真奈美はよけいなことをいった。自信満々で。それを慮《おもんぱか》らぬ方が無明なのだといわんばかりに。

――東雲を退学したいだなんて、よくそんなことがいえるもんだわ。わたしの夢はどうなるのよ。

「え、ちょっと待ちなさい。今、あんたの夢の話はいいから――」

――良くない！　だいたい、おかあさんたちがそういう学校に入れてくれなかったから、わたしは夢を果たせなかったのよ。それを自分の娘に託して、ようやくかなったと思ったら……。こんなのって、あんまりよ！

「あんまりなのは、あんただわ」

お嬢さま学校で花嫁修業をすることにも、セレブのキャリアを積むことにも、妙子はこれっぽっちも反対する気はない。だけどそれは、そうしたい人がすればいいのだ。

「ちょっと、真奈美。親の敷いたレールを走らされる瑠希の身にもなって、考えなさい」

――何を青臭い青春ドラマみたいなこといってんのよ。おかあさんは、古すぎるわ。

「古すぎるのは、あんた。今は封建時代じゃないし、親は専制君主じゃありません。ましてや、お嬢さま学校でチャラチャラしたいだなんて、そんなの夢とはいいませんよ。それは、勘違いというものです。東雲学院は、たぶんあんたの頭にあるお花畑みたいなのとは、まったく違うところだと思うわよ。あんたはね、瑠希のことも世界情勢も大好きな東雲学院のことも、全部ナメてるのよ。いい？　あんたの夢は、あんたの頭の中にしかない――」

突然に通話が切れた。

「ちょっと……」

あの女、電話を切りやがったわ！

我が子ながら、頭にきた。どう育てたら、あんなわからず屋になるのか、親の顔が見たいってものよ。あんな女の尻《しり》に敷かれている久雄が気の毒だ。あんな女を親と呼ばねばならぬ瑠希が不憫《ふびん》だ。

そんな具合に怒り心頭に発していたから、妙子は返す刀で再び久雄に掛ける。

久雄はまだ外に居るらしく、さっきと同じに遠い騒音が聞こえた。

「瑠希はわたしが責任を持ってあずかります。あのわからず屋の方は、久雄さん、悪いけど、あなたにお任せするわ。それともう一つ。瑠希の退学か休学の手続きをお願い」

――いや、急に退学はマズイのでは……？

久雄が腫物《はれもの》に触るようにいうのが、気に障った。親子ということで、こちらまで真奈美と同じキャラクターだと思われるのは、業腹である。だから、妙子は意識して冷静な声を出す。経理係長だったころのように。

「そうね。こういうときに慌てて決めるのは、良くない。でも、今、瑠希を帰すのは、もっと悪手です。学校を休む手続きは、あなたに任せていいわね」

――はい。承知しました。

久雄もまた無理にも冷静に振る舞おうとして、仕事用と思《おぼ》しき声色になった。

「頼んだわよ。あなたとわたしでチームを組んで、この問題をきっと乗り切りましょう」

そういったのは、ちょっと調子に乗っていたからなのだが、久雄は「おかあさん」と感激した声でこたえた。

受話器を置くと、背後に人の気配を感じた。

障子に手を掛けた瑠希が、敷居の向こうのうす暗がりに居る。暗い顔をしていたが、妙子と目が合うと、またにこにこした。この子は常にこうして無理に笑って生きてきたのか。そう思って、妙子は頭を抱えたくなった。

「わたしの前では無理に笑わなくていいし、明るくしなくていいのよ」

そういうと、瑠希の笑顔はぎこちなく引っ込んだ。妙子はまた係長っぽく、分別がましい態度で頷《うなず》いた。早く、祖母らしさを身に付けなくてはと思う。

「うちの娘が至らないせいで、あなたに迷惑をかけたわ。ごめんなさい」

妙子は、頭を下げた。テレビのニュースで不祥事を詫《わ》びる重役たちみたいだと思った。

瑠希は困っている。だいたい、こうして真奈美のことで妙子が謝るのは、瑠希を他人扱いしていることになるのだから、残酷な行為なのだ。

実際、このときの妙子は、他人である瑠希に対して、娘の行状を詫びた。昭和の女らしい、けじめというものである。そして、続ける。

「この先も真奈美がずっとわからず屋のままなら、あなたは、おばあちゃんのところで暮らしなさい。住民票も移して、こっちの学校に通えばいいのよ。新しい環境で、あなたの夢を実現するように生きていけばいいじゃない」

ああ、いっちゃった……。

暑くて厳しい環境の中で、テロリストやゲリラがわんさか居て、刺されたら病気になるような危険な昆虫もわんさか居て、猛獣も居て、密猟者も居て、人食いワニやライオンや蛇や大きなトカゲも居る——いろんな危なさがちゃんぽんになった妙子の無明の風景の中、痩《や》せた赤ん坊と困り顔の母親、諦《あきら》め顔の老人たちのために奮闘する瑠希の姿が見えた気がした。

「千里の馬は常に有れども伯楽は常には有らず」

中学教師だった花村信之氏の座右の銘である。

伯楽というのは名馬を見極める人という意味で、名馬が居てもその才能を見いだせる人が居ないというのは憂慮すべきことだ——ってこと。夫は長い職業人生の中で、良い教師であろうと、この言葉を口にした数だけ自分を律していたのだ。

「あなたは、千里の馬。わたしは伯楽になります」

ああ、またまたいっちゃった……。

弾丸が飛び交う戦場で、象の群れを追う密猟者をレンジャーが追いかけている。もうもうたる土埃《つちぼこり》と、水のない大地に延びたでこぼこの一本道、逞《たくま》しい男たちに交じって、地面に転圧機をかけている瑠希の姿が見えた気がした。

＊

瑠希との生活には、すぐに馴《な》れた。

夫との死別以来、ずっと一人暮らしだったから、一人でないということがどういうことなのか忘れかけていた。でも、話す相手が家に居るのは、悪くない。それが善良で頭の回転の速い若者だから、会話は楽しいし気分もいい。おばあちゃんと呼ばれるのには、まあ半日くらいで慣れた。慣れれば、可愛いものだ。

瑠希はさっきから、夫の本を読んでいる。『ペシャワール急行』。

妙子は読んだことがなかったが、夫はこれに大いに感動したらしく、懇切丁寧に物語を教えてくれたことがある。そんなネタバラシしたら、読みたくなっても読めないじゃないの。などと文句をいったが、夫の本は難しくてなかなか手が伸びない。

でも、夫が絶賛した『ペシャワール急行』は、あらすじを聞いただけで震えあがったのを覚えている。昨日まで隣人だった人たちの、宗教と政治による残酷な対立を題材にした物語だ。そんな重たい内容の本を抱えて、瑠希は嬉《うれ》しそうだ。

「インドの作家の本って、初めて読みました」

いろんな国の人が書いた文章を、なるべく多く読みたいと瑠希はいった。働き出す前に、なるべくいろんな場所を旅してみたいともいった。

「それって、あれ？　バックパッカーっていう、あれ？」

「うん。そうです。お金を節約して、いろいろ行くにはそれしかないです」

「やっぱり、あなたはどこかに行きたい人なのねえ」

無明に生き無明のまま死ぬであろう自分の人生に妙子は別に不満はないが、この子は行きたいし見たいし知りたいのだ。でも、なぜ？

「どこかに、きっとわたしが居るべき場所があると思うんですよ」

「あんたが危なっかしい土地で、人助けの仕事をしたいってのは、自分の居場所を見つけるためなの？」

その場所は、東京の高山《たかやま》家ではいけないのか？　母親のアホらしい夢をかなえる場所では、やっぱりいけないのか？　いけないのだろう。この子には、ヤシの木が生えているとか、オーロラが見えるとか、そんな距離感が必要なのだろう。だって、この子は千里を駆ける馬なのだ。

「だれかが助けなきゃ、死ぬかもしれない人が居るとしても、そのことを知らないと助けられないじゃないですか。わたしは今のおとうさんとおかあさんに助けてもらったので、自分も世界に恩返しをしたいんです」

「世界、か」

真奈美夫妻をそんな風に思ってくれているなら、ちんまりと真奈美夫妻への恩返しだけでは、やはりいけないのか？

「ええと。ええと」

瑠希は困ったように笑った。

「やっぱり、世界が見たいんです。すみません」

「それって、エーゲ海ツアーとか、ロマンチック街道とか、そういうところに行くんじゃ、だめなのかしら？」

「観光はあまり興味ない、かな」

遠慮がちにいった。ああ、俗物でごめんなさい。妙子が言葉に詰まると、瑠希は気を遣って話題を転じた。

「おばあちゃんは、どういう仕事がしたいんですか？」

妙子のことになると、イメージが急に卑近になる。何やら申し訳ない気がした。

「どうせなら面白いことがしてみたいわ」

前職との共通点に飛びついた家具のタケオカでは大失敗だったから、いっそ今までにない新しい経験をするのも悪くないと思う。

「お年寄りの就活だと、シルバー人材センターとかあるんじゃないですか？」

「年寄り扱いは、やめてよ」

妙子は気を悪くする。どうせ、年寄りですよと、いじけもする。

「ええと。ボランティアとかは？」

「ただ働きしてどうするのよ。そういう余裕はないの！」

「余裕とは――お金の？」

心配そうに訊《き》かれるので、妙子は慌てていい添えた。

「お金じゃなくて、心の問題よね。お金をもらって、初めて仕事というんです」

「そっか。すみません――あ、これ」

瑠希は畳んだ新聞の間から、カラー刷りのチラシを引っ張り出す。郵便受けに入れられていた投げ込みチラシだ。

「おばあちゃん、アルバイトニュース来ていますよ」

「アルバイトは駄目よ。正社員でなくちゃ――」

そこまでいって、妙子は「あ」と口に手を当てる。

「駄目駄目ってばっかりいって、わたしなんだか真奈美みたいねえ」

「そんなことないですよ。おかあさんは、あくまでわたしの主張とかポリシーを否定するのであって、おばあちゃんのことをおばあちゃん自身がいろいろ吟味したり検討するのは、当然です」

そうか。真奈美はこの子の主張やポリシーを否定するのか。まるで悪魔ね、真奈美は。こうなったら、いよいよわたしが瑠希を養っていかねばと思う。千里の馬を育てる伯楽であらねばと思う。

当の真奈美から、その日の午後に電話があった。

妙子とて、真奈美が娘の様子を知りたくて掛けてきたのは、承知している。でも、真奈美は意地になっているようで、瑠希の「る」の字も口に出さなかった。

「奈良漬けをいただいたけど、食べるなら送るわよ。おかあさん、好物でしょ」

瑠希のことで探りを入れているとしても、懸案である学校のことさえ何もいわなかった。東雲学院は真奈美の煩悩の中核だから、久雄に頼んだ休学の手続きについて気に障ったなら、こんな迂遠《うえん》な態度はとらないだろう。

真奈美は妙子に似て、とても律儀である。瑠希が無断で学校を休むなんて、放っておくはずがない。休学については、久雄が妻にも正直に相談しているはずだ。もちろん大賛成なはずはないだろうが、現状では休学するしかないと真奈美も納得している。そうした過程を経てこちらの様子を探っているのなら、直球を返すのが最善だと妙子は思う。

「瑠希は元気よ。二人で楽しくやってるから、心配しなくて大丈夫。なんなら、こっちにずっと居てもらおうと思ってるの」

それこそが包み隠すところのない、現状と将来展望である。瑠希が成人して千里の旅に出たいというなら、その時はその時。瑠希自身が己の人生を的確に選択できるように、愛情と躾《しつけ》と教育を充分に与えるのが家族の役目だ。

そういうと、真奈美は大きなショックを受けた様子だった。

7　就活再起動

初めてハローワークなるところに行った。社会勉強になるだろうと思い、瑠希も連れて行った。

昔、子育てを終えた元同僚が仕事を選ぼうとハローワーク——当時は「職安」といっていた——を訪れた話を聞いたことがある。求人票はA４の定型用紙に印刷され、何冊かのファイルに入れられて棚に並べられてあったという。

あまたの求職者たちは、その棚近くに並べられた椅子に陣取り、皆で順繰りにファイルを閲覧するのだ。働きたい事業所を選び出し係員に告げると、先方に連絡して就職試験の段取りをつけてもらえるという仕組み。

——希望に合った会社なんて、あんまりないのよねえ。

と、元同僚は愚痴をこぼしていたものだ。

——どうしても見つからない人が、そのファイルを抱きかかえて、いつまでも茫然《ぼうぜん》自失して椅子に座り尽くしていたりするのよ。見ないなら、さっさと棚に返してよっていいたい。

そんな光景が繰り広げられているとばかり思っていたが、現在はすっかり機械化されていた。例の数少ないファイルを皆で回し見るのではなく、データにつながった専用端末が十分な台数用意されている。

基本的に機械音痴だから、端末機が自分でも楽に操作できることを、妙子は無邪気に喜んだ。瑠希と二人で「これは？」「これは？」とさまざまな求人票を物色するのも、家族の団らんという感じで楽しい。──もっとも、そんな浮ついているのは妙子たちばかりで、居合わせた一同は、やはり希望を求め失望を抑え、真剣に職探しをしていた。

窓口担当者に面接の希望を伝え、必要な手続きを踏んでから表に出た。

あとは、瑠希と買い物に行く予定である。

瑠希は苦労人だから人の気持がわかり、物知りだし頭もいい。孫とはいえ、対等な話題で盛り上がれるのは、とても楽しかった。赤ん坊が成長してゆく過程を見守るのは、そりゃあ可愛いだろうけれども、瑠希のように聡明《そうめい》な少女といっしょに居るのは、張り合いが出る。

前回の面接では悩んだ末に着古したスーツで済ませたが、あれ以来、期待していたように痩《や》せることはなく、結局のところ新調することにした。瑠希にも、パジャマとワンピースを買ってやった。

給料が入らない状態で、まとまった買い物をすることには抵抗があった。けれども、孫にあれこれと買い与えるのは、予想した以上に胸が躍った。女心──高齢の女心──

いや、祖母心というものだろうか。

昼食を終えて目抜き通りを歩いていると、潮美を見かけた。

先方は気付かない様子だったので、声を掛けた。潮美に会うのは、家具のタケオカの一件以来だ。今まで連絡をしていなかったのは、失礼なことではある。

「あの会社、やっぱり辞めたのよ。報告してなくて、ごめんなさいね」

そういったが、潮美は気もなく「ふうん」といったきり。笑顔が引きつっていて、両手に提げた荷物がやたらと重そうだった。

「この子が、前にいってた瑠希なの。瑠希ちゃん、こちらおばあちゃんの親友の合田潮美さん」

「はじめまして、高山瑠希です。祖母がいつもお世話になっております」

瑠希は丁寧に会釈をして無難だが天晴《あっぱれ》な挨拶《あいさつ》をしたものの、潮美はやはり「ふうん」と鼻を鳴らす。それでも、次の瞬間にはわれに返って「あらあら、人きなお嬢さんなのね」などと、あまり礼儀正しくない態度でもぐもぐいった。こうした場合、好むと好まざるとにかかわらず、過剰なお世辞をならべるのが中高年女性というものである。知りたい知りたくないにかかわらず、根掘り葉掘り訊いてくるのも常套《じょうとう》だ。

上の空でしかめっ面をしている潮美の顔を覗《のぞ》き込み、妙子も眉間《みけん》にシワを寄せた。

「潮美、あんた、何かあったの？」

その問いは、まるで悪い魔法を解く呪文《じゅもん》のように効いた。潮美は両手の荷物を道端に降ろし、ますます渋い顔になる。

「うちのが、入院したの」

うちのとは、潮美の夫、合田課長のことである。いや、本社のナントカ対策室に転勤したから、合田室長だ。

「大変。どうしたの？　どこか悪かったの？」

「駅の階段で転んで足を捻挫《ねんざ》して、救急車で運ばれたのよ」

「足を捻挫？」

シャレにならない病気に罹《かか》ることも多い年ごろだ。捻挫と聞いて、まず安堵《あんど》するのは順当なところだと思う。でも、潮美の顔色はますますくもった。

「良くないわよ。寝たきりなんだから」

妙子は驚いて、瑠希と目を見合わせた。瑠希は同情と疑問をたたえた目で、祖母と祖母の友人の間で視線を往復させている。

「寝たきりって——。足の捻挫で寝たきりって、そんなことあるの？」

「知らない」

潮美は拗《す》ねたように空を見て、思い直したように真面目な視線をこちらによこした。

「骨折した人も、もっと大けがをした人も、手術の後はせっせと自分で車いすに乗って動き回ってるのに。うちのは、痛い痛いっていって、車いすに乗ろうともしないの。捻挫だから、手術もしてないのによ。食事もベッドの上で食べてるの。排泄《はいせつ》も、なのよ！」

「排泄って……どういうこと？」

思わず素朴な疑問を呟《つぶや》いてから、答えを聞きたくなくて慌てて話をそらそうとしたが、遅かった。

「おむつの中に、しちゃうのよ」

「え……」

合田の姿を思い浮かべた。趣味の良い服装と、還暦を迎えても腹の出ていない、スマートなおじさま然としたあの合田課長を思い浮かべた。

「どうして？」

「お風呂《ぶろ》なんか、寝たままで入れてもらってるのよ。骨折で手術した人から、『おたくも、大変ですねえ』なんていわれちゃったわよ。ええ、ええ、入院なんてするなら、骨折くらいしないとお天道さまに申し訳ないですよ――」

「いやいや――。でも、どうしちゃったの？」

「若くて優しい看護師さんたちが、あれこれ世話してくれるのが嬉《うれ》しいんじゃないの？」

「いや――そんな――まさか――」

どうにか合田をフォローしたい、潮美を励ましたいと言葉を探すものの、狼狽《ろうばい》のあまり思考は上滑りする。潮美は頬をちくりとしかめて、「最低だわ」と低くいった。

「それだけ重体のはずなのに、明日《あした》退院だっていうのよ。どこも悪くないから、退院なんですって。もう何ていっていいのか、わからない」

潮美は道に降ろしていた大荷物をまた両手に提げると、「ふん」と太い息をついて行ってしまった。別れ際、独り言半分「もう、離婚してやりたいわ」と吐き捨てた。

＊

「あの課長がねえ」

漠然としたためいきは、そんな言葉になった。

並んで歩きながら、瑠希がこちらを見ている。女というのは、こういうとき野次馬かカウンセラーになる。女というのは、こういうときぺらぺら話してしまう。だから、妙子は孫娘に合田課長の人となりを説明した。こんな話題に付き合わせるような年齢ではないと思ったけれど、潮美の嘆きを聞いたばかりでは、妙子の中で消化不良を起しそうだったのだ。

「同い年のエースなのよ。仕事だけではなく、何かと輝いてる人っていうの？　だから、六十五で定年退職するんじゃなく、取締役まで行くんじゃないかしら。そんな人が、好んでおむつに排泄をするとかって、聞いても俄《にわ》かには信じられない」

「入院で一番のネックは、ベッドの上で排泄しなくちゃならない場合だって聞きます」

瑠希が居た施設では、施設長が大病になり、やはりそうした危機に陥った。絶対安静だからと、ベッドから出ることを禁じられたのだ。おむつか簡易トイレを使うことを迫られ、簡易トイレを選んだ。

「困りすぎて、ほんとに泣いたそうです。看護師さんは、泣いても許してくれなかったって。おむつは、どうしても抵抗があったって」

「そうねえ。わたしも、どっちか選べといわれたら、簡易トイレにする」

「本当に重体になったら、そんなこといってられませんけどね。死なずにうんこできるだけでも、ラッキーですよ」

瑠希の声に投げやりな調子が混ざった気がして、横顔を見やった。瑠希はこちらを見ずに続ける。

「実の両親は、交通事故で即死だったんです」

妙子は言葉を選びそこね、取り繕うように買い物袋を右手から左手に持ち替え、やはり具合が悪くて右手に持ち直した。瑠希がこんな話をするのは、初めてだ。聞くには覚悟が要るが、話す方はもっと気持が重いはずである。

妙子はどうしたわけか、幼稚園の——半世紀以上前のことだが——卒園アルバムの一ページ目に載っていた天使とおぼしき油絵と、それに添えられていた言葉を思い出した。しもべは聞きます。主よ、お話しください。

神ならぬ瑠希は、続きを話さなかった。こちらを見て、いつもどおり明るい声を出す。

「でも、捻挫でそれはちょっと、ですよね」

「そうよね」

話が合田のことに戻り、ホッとした。祖母として、ちょっと自己嫌悪がよぎった。この子とは、まだ人生を共有できていないと思う。でも、ホッとした。

「課長は、どうしちゃったのかしら。あの人なりに、プッツンしちゃったのかなあ」

プッツンとはこれまた懐かしい言葉を使ったものだが、意味は通じているようだ。

「二枚目だっただけに、潮美もショックだったのねえ」

家に着いてから、合田課長の友人に電話をした。その人物は、合田より一足先に取締役に昇進している。でも、同年輩の妙子とは、タメ口の仲だ。

――妙ちゃんにだからいうけどさ。合田のヤツ、栄転じゃないのよ。

合田の友人は、飲み会の隅っこで愚痴をこぼすような口調になった。

「え？　どういうこと？」

――本社の経営対策室つーのは、リストラ推進本部なのよ。合田は首切り隊長に選ばれちゃったわけなのよ。

「えええ」

仰天した。なるほど、それは栄転というより、貧乏クジだ。しかし、うちの会社は、従業員ファーストの良心的な職場ではなかったのか。福利厚生バッチリの、終身雇用の、会社と社員は親も同然、子も同然みたいな関係ではなかったのか。

――あははは。昭和の人情喜劇みたいなこといっちゃって。

取締役は心外なことをいって笑い、そして声をひそめた。

——合田の異動は、常務直々の抜擢《ばってき》なんだ。

「え？」

常務というのは、経営者一族の小川さんたちの中でも、ひときわ温厚だと評判の人物だ。廊下ですれ違うときは、平社員にだって自分の方から会釈する。妙子が夫を亡くしたときも、通夜に来てくれた。あなたもご主人も、よく頑張ったね。本当にえらい人ってのは、あなたたち夫婦みたいな人なんだ。そういってくれた。

正直なところ、意味はよくわからなかったが、胸があつくなった。昔から何年かに一遍くらい、ストーリーはわからないけど、天国に居るみたいな夢を見る。夫の葬儀の最中だから不幸のどん底にあったわけなのだけど、小川常務の悔やみの言葉は、ほんの一瞬だけ、妙子に天国の雰囲気を感じさせてくれた。つまり、あの人は、こういう感じの世界に行けたわけか。何はともあれ、居心地がよいじゃないの。そう感じたことは、どれだけ慰めになったことか。

「常務って、菩薩《ぼさつ》さまみたいな人でしょ」

——そうだよね。

「うちの課長だって、温厚で気遣いのある——」

——うーん。

電話の相手は、うなった。

——去年の秋にさ、常務が病気で休んだだろ。

「ああ、胃ガンだったんでしょ？　内視鏡で手術したって聞いたけど」

——そうそう。発見が早かったから、回復も早かった。でも、そのときに合田がポカやっちゃったらしいのさ。

あまりのことに、ショックで言葉もありません。お辛《つら》いでしょうが、どうかお気を落とさずに。

って、常務に向かっていっちゃったんだとさ。それって、病気見舞いっていうより、葬式のときにいう言葉だろう。

「え……」

妙子の中に、ひどくいやな気持が沸き上がった。それは、デジャ・ヴュというヤツである。妙子も合田の口からまったく同じ言葉を聞いたことがあるのだ。夫の病気が見つかったときだ。夫の場合は病気の告知と余命宣告がセットだったから、夫婦はショックの極みに居た。だから、合田の善人面した死神みたいな言葉に、二人ともズタズタに傷ついた。しかし、それどころではなかったのである。現実に差し迫った夫の死の前には、健康な人間の失言などに傷ついているヒマはなかった。

でも、入院の手続きを終えて束の間ホッとしたら、ようやく怒りがこみ上げてきた。

あのヤロウ、文句をいってやる。

まるで不良少年のようにそういって、携帯電話を持つと、病棟の談話室に向かおうとした。でも、夫にとめられた。

「おまえはこれから一人で生きていかなくちゃいけないんだから。職場の人と喧嘩《けんか》するようなことは、よしなさい」

わたしは、これから一人で生きてゆく。その事実を夫の口から聞いて、妙子は胸を衝《つ》かれた。堪《こら》えてきたいろんなことが詰まった風船に、プツンと針で穴が開けられた感じがした。身も世もない哀しさで、夫にしがみついてわんわんと泣き出す。人目を忍んでいる余裕もなかった。夫は慌てて妙子を慰めたり謝ったり、ちょっとした騒動になってしまう。それで、合田を怒っていたことなど忘れてしまった。

合田は確かに、善人として知られていた。気遣いの人としても知られていた。しかし、何が腹立つといって、その気遣いの方向がトンチンカンだったこと。気を遣ったという事実があればいいというものじゃない。合田は妙子たちの悲劇に対して、それらしい挨拶をした。情感たっぷりに、声まで震わせて。まるで、悲劇を演じることを楽しんでいるようにさえ見えた。妙子の被害妄想かもしれないが、確かにそう見えたのだ。

――合田のことだから、点数稼ぎではなくて、本当の気遣いから出た言葉だったんだろうけど。相手の気持になるという点では、チョンボだったわけ。

常務は、死ぬ気などさらさらなかった。しかし、楽観できる病名とも思えなかった。少なからず面白くない覚悟もした。そのただなかに、弔辞みたいなことをいわれたら、気分を害するのは当然である。

ひょっとしたら、合田は妙子夫婦を傷つけたあのとき、間違った学習をしてしまったのかもしれない。病気の人に対して「あまりのことで、ショックで言葉もない。辛いだろうが、どうか気を落とさずに——」というのが効果的な慰めになると、思ってしまったのかもしれない。

——それだけなら、まだしも。あいつ、常務に不祝儀の熨斗《のし》を付けたお見舞いを送っちゃったんだよ。もう気遣いとか弁解とかのレベルじゃないっしょ。

取締役のくせして、電話の相手は高校生みたいな言葉を使う。でも、それに気付かないくらい、妙子は驚いてしまった。

「えええええ」

——見舞いの手配を家族に任せたらしいんだけど、どこでどう間違ったのか、お悔やみの品というような扱いになっちゃったらしいのよ。

「あちゃあ」

寛容を絵に描いたような妙子の夫でさえ、そこまでやられたなら怒っただろう。

——でも、常務は偉いね。あくまで冷静なんだから。合田がそこまで相手を思い遣《や》れないのなら、それはそれで一種のスキルであり、リストラ担当の責任者には適任だってことになったわけさ。

「はあ——そうだったのか」

どちらも、勘違いなのだが。

「わかった。ありがとね」

通話を終えると、開け放した台所の引き戸の向こうに瑠希が居た。聞いた話があまりにショッキングだったので、ついついそのまま話して聞かせる。そうするうちに、また別の記憶が蘇《よみがえ》ってきた。

「真奈美が小学生のころ、犬を飼っていたのよね。真奈美、一人っ子だから、寿太郎《じゅたろう》のことを弟みたいに可愛がってたんだわ。わたしたちが結婚する前からおじいちゃんが飼ってたから、真奈美より年上だったんだけど」

「寿太郎ちゃんですか」

瑠希はクスッとした。

「名前に愛情、こもってますね」

「そう。長生きして、いつまでもいっしょに居ようって、あんたのおじいちゃんがね」

寿太郎は家族に愛され、老いて死んだ。幸せな生涯であったのは間違いない。しかし、寿太郎を亡くしたとき、真奈美の嘆きはひとかたならないものだった。実のところ、妙子も自分の祖父母の葬式のときより悲しかった。

「でね、次の年の正月の年賀状に――」

明けましておめでとうございます。去年は寿太郎様が死にましたね。今年もよろしくお願いします。

と書かれた一枚があった。

真奈美は気を悪くした。いや、そんな生易しいものではない。烈火のごとく怒った。ようやく悲しさも癒《い》えた今頃、なぜ、わざわざそんなことを書くのか。いや、寿太郎の死という生涯最大の悲劇（小学生の真奈美にしてみれば、まさにそうだった）を、こんな粗末なコメントとして書くか？　そもそも寿太郎様って、何？『様』を付けたから礼儀にかなうっていうつもり？

いかにも。その級友は、年賀状には気の利いた一言を添えるのがポリシーであると、冬休み前に豪語して、いや、嘯《うそぶ》いて、いや、ほざいていたそうである。

「ほざいて……？　ってことは、おばあちゃんも、怒ったんですね」

「ええ、怒りました。すぐに、実家が農家の友だちに電話したわよ」

藁《わら》を分けて欲しいと頼んだ。いいけど、娘さんの冬休みの工作に使うのかしら？　友人はほのぼのと訊《き》いてくる。まあ、そんなもんよと、妙子は答えた。

「真奈美と二人で、そいつの藁人形を作ったの」

「呪いの、ですか？」

「そう、呪いの藁人形を」

「ひええ」

瑠希は笑い出す。妙子もけらけら笑ったが、当時は大人げなくも真剣だった。娘の友人に災いあれかしと、心を込めて藁人形をこしらえたのである。

「で、丑《うし》の刻参りをしたんですか？」

瑠希の目が、興味津々で光っている。妙子は人差し指で頬っぺたを掻《か》いた。

「しなかった。藁人形が思いのほかに上手にできて、満足しちゃった。で、残った藁で、その年の干支《えと》飾りを作ったの」

分けてもらった藁は、やっぱり真奈美の冬休みの工作になった。寿太郎は優しい犬だったから、もしも言葉がいえたのなら、妙子の夫のようにその年賀状の主を許したことだろう。その年賀状の主は、今も合田のような失敗をしながら生きていることだろう。

「悲しいとか、苦しいとか、わかんない人には絶対にわかんないですよ。そういう人にとって、他人の悲劇はレクリエーションと同じなんです」

瑠希は、何でもないことのように、そういった。

＊

翌日の朝九時、妙子は株式会社スピカの会議室に居た。

会議室といっても、実質は居間である。リビングという印象ですらない、昭和の終わりころに建った木造モルタル家屋の、居間である。

建具を取り払って使い勝手を確保しようとしているが、あまり功を奏しているとはいいがたい。ところどころベニヤ板がむき出しになっていて、そうした美観を無視したところだけは、一般住宅とは一線を画していた。一線を画すというより、修繕と普請の都合でそうなったようだ。

株式会社スピカは、零細な広告会社だった。ローカルCMや、ローカル観光施設の映像作品などを制作している。ほかにも各種フリーペーパーや、ローカル新聞の下請け仕事などをしている――らしい。

この会社を知ったのは、昨日のこと。瑠希といっしょにハローワークの求人端末機で見つけた。

募集していたのは、コピーライターである。それがどういう業務なのか、妙子はしっかりと理解していたわけではない。

でも、コピーってほら、惹句《じゃっく》ってヤツでしょ。会社で広報室に居たとき、そういうのやったことあるわよ。楽しかったなあ。なんだか、ギョーカイ人って感じで。応募してみようかしら。大丈夫よ、どうせ受かりゃしないわよ。求人票には年齢制限は書いてないけど、こういうのってもっと若い人がやる仕事でしょうからね。などといって、面接の申し込みをした。どうせダメ元だ、ハローワークの職員がこちらの年齢を告げただけで断られるに決まっている。

ところが、株式会社スピカの人事担当者は、ごくあっさりと面接に来て欲しいといったそうである。

「狭くて、すみませーん」

お茶を運んで来た女性社員が、快活にいった。制服は着ていない。スーツも着ていない。化粧もしていない。デニムのワークシャツに、チノパンをはいていた。整った小さい顔が、多忙さに輝いている。仕事を愛している人の顔だ。楽しそうじゃんと、妙子は思った。内心とはいえ、語尾に「じゃん」などと付けてみたのは、こういうハイカラな職種の人らしい気がしたからだ。

「お待たせして、すみません」

野太い声がして、妙子はあわててパイプ椅子から立ち上がった。相手の姿を確かめる前から、それが「えらい人」だというのがわかった。まるで、宇宙戦艦ヤマトの艦長みたいな声だったのだ。いや、本当のところはヤマトの艦長がどんな声だったのか覚えていないが、まことに英雄然として貫禄《かんろく》と深みのある響きである。

先方が英雄なら、こちらは小者らしくおずおずしなくてはいけない気がして、顔を伏せつつ目ばかり上げて相手を見た。そこに居たのは、宇宙戦艦の艦長には似ていなかったが、やはりどことなく英雄然とした人物だった。背丈はさほど高くはない。骨太で岩石を連想させる体格をしている。顔立ちもいかつい。よく日焼けして肌が褐色なので、頭髪が後退しているのもごく自然に見えた。年塩梅《あんばい》は、妙子より少し若いくらいだろう。

(強そう――それに目が鋭い)

そう思うと同時に、妙子の負けん気のスイッチが入った。亀の甲より年の劫《こう》、わたしの付加価値は、ええ、この年齢ですよ。胸の内で唱え、きりりとした微笑を浮かべた。

「花村妙子と申します。本日はよろしくお願いいたします」

艦長の鋭い目が「おや？」というように動く。そして、名刺を差し出した。

代表取締役社長　武井《たけい》壮亮《そうすけ》──。

社長自らが面接するようだ。家具のタケオカとシンクロするのは、縁起が良くない。

そう思ってから、小さな会社ならそれも当然だと思いなおした。そしてふと視線を落とした先に、もう一枚の名刺が差し出される。え、と思って顔を上げると、にこにこと細い目で笑う、年配の男性が両手で名刺を差し出していた。子泣き爺《じじい》のような人物である。

艦長の──社長の貫禄のかげで、まさに影法師のように気配が掻き消えてしまっていたのだ。子泣き爺の名刺には、小此木《おこのぎ》栄作《えいさく》という名前が記されている。肩書は部長だった。

「どうですか？」

社長は居間にしか見えない会議室と、建具を取り払った先の事務室を目で示した。

二十代や三十代と思《おぼ》しき男女数名が、せわし気に働いていた。大きなパソコンのモニターを横並びにさせて、猛烈にキーボードをたたいている者もあれば、段ボール箱を抱えて玄関に向かう者、今しがたお茶を出してくれた女性は、ホワイトボードに何やら書きこむと、大きなショルダーバッグを肩に掛けて出て行った。途中、せまい廊下で同年輩らしい女性とぶつかりかけ、どちらも馴《な》れたように「すみませーん」と唱えてすれ違っている。

妙子は、「狭苦しい」という言葉を変換する。

「活気がありますね。イキイキした感じです」

落ち着いた声で、そういい放った。

艦長の社長は、意外そうな顔をする。

「狭苦しいでしょう。なにしろ、小さい会社なもんでね」

自嘲《じちょう》気味にいった。宇宙戦艦を率いるにしては、いささかいじましい。妙子が沈黙と微笑をもって聞き流すと、社長はふと胸を張った。

「今、会社の引っ越し中なんです」

「え？　移転するんですか？」

驚いて訊いた。落ち着きの仮面が、剝《は》がれかける。そんなことは、求人票には書かれていなかった。勤務地というのは、求職者には大切な情報だ。移転予定と、きちんと書くべきだろうに。

社長は、引っ越し先として郊外の地名を上げた。それは、あまり嬉《うれ》しくない報《しら》せであった。運転免許を持たない身には、郊外に通勤するのは難儀なことである。

（電車かバスで行ければいいけど）

路線図を思い浮かべようとしたが、交通も地理も得意分野ではない。かろうじて保った自信満々の顔の下で、当惑した。それを知ってか知らずか、子泣き爺の部長が口を開く。

「前の会社では、コピーライターの経験もおありなんですね」

「ええ。広報室に居たのは三年足らずで、真似事のうちに終わってしまいましたが」

適度に謙遜《けんそん》してみせた。

「読書が、ご趣味だと」

「はい」

ミステリーと恋愛小説に限るが。

「漫画やイラストもお描きになる」

「ええ、少々」

高校時代は、漫画研究会の幽霊部員だった。

「それは、頼もしい」

子泣き部長は、やさしい声でいった。

それから通り一遍の問答を経て、筆記試験に移った。求人票にもそのことは書かれていたが、その時点では門前払いを食らうと思っていたので、あまり気負ってもいなかった。それが良かったのか、自分で読んでいたころの少女漫画に似た絵柄で、何枚か描いてみた。課題は夏祭りで、やはり亀の甲より年の劫、着物に関する知識があったおかげで、浴衣《ゆかた》を着た少女が上手に描けた。

問題は、文章の方である。妙子には文才がない……わけではない。でも、課題が曰《いわ》くいいがたいものだった。こちらの会社で制作したテレビCMを見て感想を述べるという、状況から鑑みて至極妥当な設問ではあるものの、問題はそのコマーシャルだ。

市内のリサイクル店の宣伝なのだが、社員と思しき数名の若者が、店舗の駐車場らしい場所で、ロボットダンスにも見える所作をしてから、いっせいに動きを止めて唱和する。

——ガレージ・ドット・コムで、どっと混む、わーい♪

楽しみにしている刑事ドラマの再放送の時間に、よく流れている宣伝だった。実は、気に入っていない。いや、ダサ過ぎて見るに堪えない。見るに堪えないので、これが始まるとチャンネルを変えてしまう。したがって、お気に入りのドラマを見ながらも、いつでも画面を切り替えることが出来るよう、緊張を解くことができないのだ。

このコマーシャルを見て、ガレージ・ドット・コムという会社に好感を持つ人が居るのだろうか。もしや、炎上商法というものなのか？　極度のマイナスイメージをもって、消費者の意識に残ろうとしているのだろうか。

などと正直に書くわけにもいかず、困った。

——社屋を舞台にして、社員が演じる楽しげなダンスは、顧客のいや多くの視聴者・消費者に愛される生き生きとした雰囲気に満ちている。現に、わたしもこのコマーシャルを見ると、楽しくなっていっしょに踊り出したくなるのだ。ガレージ・ドット・コムのコマーシャル見たさに、再放送のドラマにチャンネルを合わせてしまう毎日である。

（なんてね）

なんたる偽善。なんたるご都合主義。それでも、妙子は微に入り細に入り、課題とされた映像を褒めて褒めて褒めちぎった。己の心を隠して正反対のことを書くのは、ひどく疲れるが簡単な作業でもあった。機械的に、黒いと思ったものを白いと書き、白いと思ったものを黒いと書けばいいわけだから。

（ああ、嘘つきは泥棒の始まり――）

嘘を書くのにエネルギーを使い果たし、気がつくと昼を過ぎていた。

「終わりましたか？」

朝、お茶を出してくれた女性が、ひょっこりと顔を出した。

「すみません。ばたばたしてまして、ほったらかしてしまいまして」

「いいえ、大丈夫ですよ」

妙子は笑顔をこしらえた。随分と時間をくれると思ったら、ほったらかされていたのか。こちらも手間取ったから、ちょうどよかった。

「試験はこれで終わりなんですけど、花村さんはこれからご用事とかありますか？　社長たちが、お昼をご一緒したいって」

「まあ、嬉しい。ぜひ、よろしくお願いいたします」

笑顔を更に念入りにこしらえた。書き終えたばかりの作文がきっかけだろうか。気持と正反対の反応をする癖がついてしまったようだ。本当は疲れたので、早く帰ってお茶漬けでも食べながら例の刑事ドラマの再放送を見たいと思っていたのである。

あの親切な女性も同行するのかと思っていたが、会食は社長部長と妙子の三人で少し離れた場所にある多少庵《たしょうあん》という蕎麦屋《そばや》に行った。この店、元は割烹《かっぽう》だったと記憶している。三十年近く昔になるが、職場の送別会で来たことがある。

(潮美が退職したときじゃなかったかしら。でも、ずいぶんと変わっちゃったのね)

建物は老舗《しにせ》の趣きがあったが、内装は新しかった。竹のついたてや、一枚板のカウンターは、つやつやしている。田舎家風の土壁も真新しく、観音竹の鉢も白と黒の招き猫も昨日今日そこに置いたような印象である。

「よう、カンちゃん」

社長は常連らしく店の主人に挨拶《あいさつ》をすると、案内されるより先に階段を上がった。

「ここのコマーシャルも、うちが手掛けたんですよ」

社長がいった。妙子は見たことがなかったので、ほほ笑みでごまかした。さっきの店主が、ロボットダンスをしている様子が脳裡《のうり》に浮かんでしまい、それを打ち消すように「それは、それは」とか「大活躍ですこと」とか、曖昧《あいまい》にいった。作文のためにたまった疲労が、ますます重たくなっている。さっきまでならいえたお追従も、口にするのがだんだんと億劫《おっくう》になってきた。

社長は多少庵の屋号のいわれを説明し、店主の力量を熱弁し、そのカンちゃんが自分の幼なじみだと嬉しそうにいった。深い人情味が感じられて、「良い人なんだなあ」と思った。面接のときは批判的なまなざしを向けてしまったが、悪いことをしたと反省した。そんな先から、社長は「いっておくけど」と厳しい顔になる。

「うちでは、レポーターやナビゲーターを使うような番組は作らないから」

「え？」

「あなたはコピーライターということで応募されたそうだが、あまり業務内容を把握されていない気がする。入社した後で、やっぱりレポーターをさせろなどといわれても困るから、あらかじめいっておくよ」

「はあ」

レポーターやナビゲーターといったら、若い美人タレントの独壇場。妙子がそうした仕事を希望しているようにいわれるのは、意外や意外である。社長は、こちらの容姿容貌《ようぼう》が、若い美人タレント並だと評価した上で、そう釘《くぎ》を刺しているのか。

（へー）

束の間、疲労が消えた。こちらの認識不足を見抜かれたことや、タレント扱いはしないと否定的なことをいわれたのも、この際どうでもいいのだ。妙子を喜ばせたのは、社長が妙子を「美人」と認識したという事実、それに尽きる。

社長はこちらの気持を知ってか知らずか、態度が厳《いか》つい。部長もまた、こちらの気持を知ってか知らずか、社長とは逆に好々爺然《こうこうや》でほほ笑んでいる。

ざるそばが運ばれてきて、また多少庵の話にもどった。社長は、一週間のうち三回は来ているとのこと。それを聞いて、やはり友情に篤《あつ》い人だと感心した。遠回しの美人呼ばわりのおかげで、妙子はまだご機嫌だった。

さりとて、蕎麦《そば》は取り立てて美味《うま》くはなかった。気の毒だが、店の寿命はあまり長くないかもしれない。現に、お昼時だというのに、お客の気配はほかにない。

社長はなおも幼なじみの蕎麦を褒め、会社の実績を得意げに披露した。

「うちの仕事は厳しいから、覚悟しておいてくださいよ。ヘリに乗るときは、小便袋を使うんだ」

小便袋？　食事どきに聞きたい言葉ではないわね。それにヘリって？　ドローンの方が何かと良くないかしら。

8　ポリシー

夕飯は瑠希がオムライスを作ってくれた。小松菜の味噌《みそ》汁と、キャベツの即席漬けと、ちくわとキュウリのサラダが、ちゃぶ台に並ぶ。

「少し塩分が多いかしら」

なんて文句をいってみたのは、孫の料理を食べるのが照れくさかったせいだ。瑠希はなかなかの料理上手で、玉子に包みきれなかったケチャップご飯まで、二人してぺろりと食べてしまった。

「真奈美にこき使われてたんじゃないの？　シンデレラみたいだったんじゃないの？」

「あはは。まさかあ」

先に食べ終えた瑠希は、スマホをいじり出す。ご飯どきに行儀が悪いといって叱ろうとしたら、「おばあちゃん、これこれ」と目の前に差し出された。

「その社長さん、ウィキペディアに載ってるんです」

「ウィキペ……？」

オジンの若い社員たちが、そういう言葉を使っているのを聞いたことがある。

「社長さん、戦場カメラマンだったらしいです。いろいろ活躍してたみたいですよ。反政府ゲリラの人質になったりしてます」

すごい人ですねえ、と目を丸くしてみせた。

「そういうことが、わかっちゃうの？」

妙子はまた別な意味で感心している。

「でも納得だわ。あの社長って、ヘリとか小便袋の人だったのね。よくわからないけど」

妙子の言葉に反感を読み取ったのか、瑠希がまっすぐにこちらを見る。

「面接、気に入らなかったんですか？」

「どうなのかしら。わかんなくなってきた。すごく大変な職場らしいもの」

「おどかして、おばあちゃんのことを試してるのかもしれませんよ」

「それは、そうなんだけどねえ――」

仕事はかなりきついようだし、社長は自己評価がすこぶる高く、まるで天下一のクリエイターみたいな大口をたたくし、実際に作ったテレビコマーシャルは、「どっと混む」なんて調子だし。

「一番の問題は――」

問題がいろいろあって、どれが一番か整頓《せいとん》できていない。

「なんか、わたし嘘つきだったのよねえ」

ダサくて大嫌いなコマーシャルを、褒めちぎってしまった。昼だって、本当は帰りたかったのに、嬉々《きき》として昼食についていった。

「それくらいなら、給料もらう身だから必要悪といえるけど。一番の問題は――」

「はい。問題は？」

瑠希がお茶を淹《い》れてくれる。妙子は「ふうっ」と長い息をついた。

「嘘つきになれないときもあったのよ」

「嘘つきに、なれない？」

朝にお茶を淹れてくれた親切な女性社員には、何の抵抗もなく社交辞令がいえた。

「だけど、あの社長の言葉には、いちいち反撥《はんぱつ》していたのよ。もちろん、心の中でだけなんだけど」

「無理ないかも。話を聞いてると、かなりオレサマな人って感じがしますから」

「確かに、自己愛は強そうだった。だけど、何ともいえないもやもやが――」

お茶をすすり、妙子は行儀悪くちゃぶ台に肘《ひじ》を当てて、頬杖《ほおづえ》をついた。

「気が重いのよ。この感じ、前も同じことがあったのよね」

瑠希は「うん、うん」頷《うなず》いている。

「昔、お見合いしたときに似ているんだわ」

「え？　おばあちゃんとおじいちゃんは恋愛結婚だって聞きましたけど」

「ああ、真奈美から聞いたのね」

妙子は照れ臭そうに笑った。

「おじいちゃんと出会う前に、お見合いをしたことがあったのよ」

妙子は身を乗り出して、サイドボードの脇に立てかけてあるアルバムを引っ張り出した。振袖《ふりそで》を着た二十歳の妙子が、洒落《しゃれ》た椅子にしゃなりと腰掛けて、こちらを見ている。見合い写真のために、写真館で撮ってもらったものだった。

「わあ、おばあちゃん、美人だあ」

「そうかしら？」

妙子はいかにも得意げに鼻の頭を指で掻《か》いた。

「相手は市内にある開業医の跡取り息子だったのよね。会う前は、お医者の奥さんになったら、それこそ贅沢《ぜいたく》が出来るとか、海外旅行をさせてもらえるとか、生まれる子どもは優秀で親は鼻高々だとか——そういう無邪気なことばかり考えたんだけど」

「普通、考えると思います」

「実際に会ってみたら、わたし、すぐに気持がしぼんじゃったのよ」

「タイプじゃなかったとか？」

「そうねえ——。お医者ってよりは、格闘家みたいにがっしりした体形で、自信満々で——。何だか、あの武井社長とそっくり」

仕事のこと、大学時代のこと、自分の家のこと、見合い相手は滔々《とうとう》としゃべった。そこには多分な——いや過分な自己愛があふれていた。ぼくと結婚したら、きみは大変だろうけど、是非にもしっかりしてほしい。内助の功ってのを、期待している。

内助の功。嫌いな言葉だった。

贅沢とか、海外旅行とか、自慢のわが子とか――いかにも楽しそうに思えたが、結局は断った。友人には逃がした魚が大きいと揶揄《やゆ》されたけど、実際のところ、逃げられたのは向こうである。妙子の方から断りの連絡を入れてからも、案外としつこく食い下がってきたという話だから。

「まあ、わたし、けっこう可愛かったしね」

妙子は臆面《おくめん》もなくいって、四十年前の写真を見た。

「おじいちゃんは、ラッキーでしたね」

「自己主張なんかしなかったけど、頼りがいがある人だった。泰然自若っていったら、褒めすぎかしら」

してみれば、自分はいつも大慌てで、大騒ぎしていた気がする。茶箪笥《ちゃだんす》の中の、使い手がなくなった大きな湯飲みを見た。

「あの――。お願いがあるんですけど。おじいちゃんの、お墓参りがしたいんですが」

「そうねえ。気がつかなかったわ。善は急げだから、今週中に行きましょうか」

時間があれば、用事はどんどん詰め込む。保留やら先延ばしは、得意ではない。仕事をしていない今、楽しみも億劫《おっくう》なことも、こうしてどんどん消化されてゆく。

「でも、それよりあんたは、ご両親のお墓参りがしたいんじゃないの？」

瑠希と真奈美夫婦を結びつけた特別養子縁組という制度では、瑠希の戸籍に実の両親についての記載はない。それなら、いっそう実の両親への思いが募るのではないか。まして、養母と衝突している今はなおさらだろう。

「わたしはですね」

瑠希はスマホの画面をジーンズにこすりながら、思案気な顔をした。

「基本的に、亡くなった人はすぐに生まれ変わるって思っています。だから実の両親は、今ごろは小学校に通っているはずです。でも、人間の魂の仕組みは複雑だから――」

瑠希の言葉は、中断した。

玄関の呼び鈴が鳴ったのである。

＊

引き戸の向こうには、合田が居た。同い年にして人望あつい上司、でもリストラ推進本部の首切り隊長にされてしまい、揚げ句の果てに捻挫《ねんざ》で入院したときの甘ったれぶりが妻をあきれさせた、あの合田課長が居た。

合田の様子は、潮美がいうほどボロボロには見えなかったが、妙子の知る颯爽《さっそう》とした紳士ともいい難い。合田は病院から貸与されたらしい松葉杖《まつばづえ》で体を支え、そしてグデングデンに酔っぱらっていた。

「あの不人情な恩知らず、冷血女——」

合田は喚《わめ》き出す。妻への悪口と暴言を際限なくいい募り、それから職場への怨《うら》みごとをいい立てた。

「血も涙もない悪徳会社、おれにだけ汚れ仕事を押し付けて、善人面した悪党ども——」

そして不意に「蝿が居る！」と叫ぶ。

もうもうと、酒くさい息を吐きだしながら、立てかけていた箒《ほうき》を取って、蝿を退治しようと振り立てた。ガラスのはまった引き戸や、採光用の木枠の窓など、あたり構わず叩《たた》き始めるのだ。

「やめてよ！　戸が壊れるじゃない！　弁償してもらうわよ！」

思わず、高い声で叱りつける。

「あ」

合田は動作を止め、ひどいショックを受けたような顔で、妙子を見た。

「ごめんなさい——申し訳ない——気が回らなかった——おれは、駄目なヤツだ——」

まるで辞書をひっくり返したように、謝罪と自責の言葉を吐き出した。酒の息もまた、毒気のようにふんだんにまき散らされた。その様子があまりに常軌を逸していたし、何より記憶の中の合田課長とは似ても似つかなかったから、妙子は面食らってしまう。

「課長……。どうしたのよ。大丈夫、なの？」

「おばあちゃん。大丈夫ですか」

背後から瑠希が、同じ言葉をいった。不審者が押し入って来たと思ったらしく、小さいこぶしを作ってファイティングポーズをとっている。妙子がそれに気づいたと同時に、合田の視界にも瑠希の姿が映ったようだ。

「は」

見知らぬ少女の姿が、冷淡な他人として映ったのか。あるいは、整形外科病棟の優しい看護師たちのように映ったのか。合田はたたきの上にへなへなとしゃがみ、くたりと寝込んで動かなくなった。

「ちょっと――課長――合田くん、あんた、ちょっと――」

死んでしまったのか？　咄嗟《とっさ》にそう思ったが、いびきが聞こえてきた。蝿を追って暴れたせいで、完全に酔いが回ってしまったらしい。

「もう、なにこれ」

妙子は太い息を吐き、玄関先に下りて来た瑠希が、合田の足を抱えて持ち上げた。

「おばあちゃんは、肩の方を持ってください」

二人の非力な女に担がれて、意識を失った合田は家の中に運び込まれた。

客間に布団を運び込んで寝かせると、潮美に電話をかける。

迎えが来たのは、小一時間後だった。合田は太平楽ないびきをかき、長男と二人でその大柄な体をミニバンに運んでから、潮美は気の毒になるほど謝り出す。それで、妙子は言葉を尽くして潮美母子を慰めねばならなかった。

「いいのよ。あんたとわたしは、身内同然なんだから。よその家とか、道端とかじゃなくてよかったわ」

「そんな――。また救急車で運ばれたりしたら、またまた寝たきりをやらかすのかしら」

次第に会話が明後日《あさって》の方を向き出したけど、双方が納得するだけ繰り返すと、潮美たちは帰って行った。

「やっぱり、新しい職場が合わないのねえ」

瑠希と並んで遠ざかるクルマを見送っていたときである。妙子の頭に、これまで思ったことのない疑問が湧いた。

あんなになってまで、どうして合田課長は働くのか。

（ていうか、なんでわたしはまだ働こうとしているのかしら）

定年退職以来、似たようなことを思ったことはある。しかし、それはあくまで、今後も働くことを前提としたものだった。しかし、この瞬間、人生と勤労の間に確かに、亀《き》裂《れつ》が生じた。

（ほんっと、雨にも負けず、風にも負けずに――）

わたしら充分に働いてきたんだから、もう働かないって選択肢もあるじゃないの。

＊

夕食後、瑠希は次に読む本を選ぶために、夫の書斎に行っていた。もしも夫が生きていたら、本好きの孫娘ができて、どんなに喜んだろう。毎日、嬉々《きき》として書店に連れて行き、四六時中二人で本の話をしたはずだ。

お茶を淹《い》れようと立ちあがったら、電話が鳴った。潮美からだった。

話しながら、台所でお茶を淹れる。よくテレビドラマなどで、スマホを耳に当てずに話しているけど、妙子はそういうのはよくわからない。スマホを左耳に当てて、右手で茶筒から急須《きゅうす》にお茶っ葉を入れるのは、少し難儀した。

――さっきは、本当にごめんなさい。

潮美は律儀な人だ。「ごめんなさい」を蒸し返すのに、また掛けてきたのだろうか。そうだとしたら、少し鬱陶《うっとう》しいのだが。

実際、潮美はしばらくの間、「ごめんなさい」「ご迷惑をかけて」を繰り返してから、合田がついさっき目覚めて、今は風呂《ふろ》に入っているといった。捻挫の方はすっかり良くなって、何のために寝たきりになっていたのかしらと、シニカルな口調になる。

潮美にこれ以上の悪態をつかせたくなくて、今日受けた面接のことを口に出してみる。他人の悩みを聞けば、気がまぎれるのではないかと思ったのだ。

「わたし、作文の試験で嘘ばっかり書いちゃった」

一瞬でも見たくないほど無残なクオリティのコマーシャルを褒めちぎったことや、その他諸々《もろもろ》の追従と忖度《そんたく》を繰り返したことに自己嫌悪していると、打ち明けた。

思えばこれまでずっと、潮美は聞き役だった気がする。潮美は安定し、妙子は波乱万丈だった。潮美の夫は（つい最近までは）理想的なダーリンだったし、妙子の夫は死んでしまった。専業主婦の潮美は、昔のロールプレイングゲームに登場する、祠《ほこら》の賢者みたいな存在だった。人生のプレーヤーである妙子は、困ったときは潮美の祠に駆け込む。賢者潮美の助言は半分以上は的外れだったが、それでも幾つかの危機は潮美のおかげで回避できた気がする。

——その嘘とか追従とか忖度とかって、世渡りってことでしょう？

「そう？　やっぱり、そうよね」

——でも、それって、あなたが無理しているってことよね。

「うん。まあ」

——ホウノ係長のこと、覚えている？

「ああ、ホウノホウノホウね」

お互い、まだ三十代だったころ、ホウノ係長という人が居た。本名は全く別で、米山《よねやま》といった。米山氏がどうしてホウノなのかというと、当人があまりにも「ホウノ、ホウノ」というのだ。

「～方の」なんて、当たり前にだれでもいう。そっちの方の、東京の方の、紫色の方の、さっき話した方の。ところが、ホウノ係長は、極端に気遣いの人であった。気を遣うあまり、物事をはっきりといえない人だった。「〜方の」というのは、婉曲《えんきょく》的な意味でも使ういい回しだ。ホウノ係長は一度の婉曲では足りず、これを何度も繰り返すのである。

そっちのほうのほうのほうの。

当人にとっては、控え目を旨とした話術なのだ。でも、聞く者は当然「ええ？」と思った。頻繁に聞くようになると、同時多発的に、「ホウノ係長」というあだ名がささやかれ出した。ささやきは、やがて噂話における公式な呼称となった。

「懐かしいなあ。まだ生きてんのかしら」

——ホウノ係長って、嘘をいう人だったわよね。

妙子の放り出すような問いには答えず、潮美はそんなことをいった。

そうだ。ホウノ係長は、呼吸するように、嘘をつく人でもあった。嘘も方便という場合もあったが、大方は無意味な嘘をつくのだ。ホウノ係長は、ひょっとしたら現実から逃げていたのかもしれない。そして、嘘へ、方の方の方へ逃げようとした。なぜなら、現実は厳しいもの、悪しきもの。だから、会話の相手を気遣って現実ではないことを話す。

——娘さん、居たじゃない？

ホウノ係長の次女が、オジンで働いていたことがある。妙子たちよりは一回り近く下の年代で、割と早くに寿退社した。ホウノ係長とは違って、あけすけな物言いをする女性だったそうだが、部署が違っていたので妙子は話したことはない。

——容子《ようこ》さんとは、こないだ駅で偶然に会ったのよ。四半世紀ぶりに見た容子さんは、相変わらずあけすけにいった。うちのパパねえ、とうとう現実に戻って来られなくなっちゃった。

「どういうこと?」

——あんまり嘘ばかりつくから、現実と嘘の区別がつかなくなって、今は妄想の世界に生きているらしいわよ。若いころは映画俳優やってて高倉健《たかくらけん》の映画にも出たことがあるとか、NASAに勤めていたときにUFOを見たとか、本気で話すんだって。

「認知症かしら」

——そうなのかもしれないわね。

電話の向こうで、潮美は「ふう」と長い息をついた。

——うちのもいっしょなのよ。だれにでもいい顔をして、何でもはいはいって、聖人君子のフリをして。その揚げ句が首切り隊長なんて役を押し付けられて、それでもまだイヤだっていえなくて。あの人も、嫌なことを「良い」といい、つらいことも無理なことも「平気」っていってきた。嘘つきなのよ。

そうか。合田課長がいつも涼しい顔をして会社の荒波を渡ってきたのは、涼しいフリをしていただけなのか。では、潮美の前では愚痴をこぼしていたのだろうか。訊《き》いてみたいと思ったけど、出過ぎた問いだとも思う。

——わたしねえ、「なせばなる」って言葉、大嫌い。わたしも最初はあなたみたいに、ずっと働き続けるつもりだったのよ。でも、社長が何かにつけ「なせばなる」っていうじゃない？　それが本当に許せなくて、早く辞めちゃった。

「そうなんだ？」

なせばなる。前向きで良い言葉ではないか。将来設計を変更するほど嫌悪するようなものには思えない。

——なせばなるなんて、自分に向かっていうならいいのよ。だけど、他人に強要するなんて、わからず屋の専制君主がいうことだわよ。話せばわかるという人を、問答無用っていって殺しちゃうのとおんなじ。文句をいうな、ものを考えるな、無理でも不可能でも絶対に実現しろってことじゃない。

「まあ、そういわれてみればそうだけど——」

——もっと悪いのは、なせばなるって思い込んで、越えたらいけない一線を越えてしまった人ね。

夫のことをいっているのだろう。妙子が作文で「嘘をついた」ことを、警告しているのだろう。そう察した時点では、妙子はいつものように「合田は合田」「潮美は潮美」「わたしはわたし」と思っていた。

＊

株式会社スピカの武井社長から電話が来たのは、その二日後のことだ。

妙子は、何も悩むことはないと思い始めていた。考えてみれば、あれほど活気のあるクリエイティブな会社が、経験のほとんどない還暦の人間を雇うはずもない。社長は世界をまたに掛けていた人みたいだし、反政府ゲリラに捕まったことまであるそうだし、こちらみたいな北関東から出たことのない兼業主婦とは住む世界が違う。そもそも、妙子はあの社長に気に入られなかったようだし。

受話器の向こうで、武井社長はそれとは矛盾しない内容を、不機嫌そうな声でしゃべった。

――あなたを採用するかどうか話し合いまして、大変に厳しいという意見で一致したのですが、それでも一縷《いちる》の望みがあるとすれば――。

社長はここで、やけに長い間をとった。

――当社の成果物――つまり、お見せしたテレビコマーシャルですが、あれに対するあなたの考察はまことに洞察力にすぐれ、ひじょうに素直であるという意見がでました。しかし、わたしとしてはそれでもやはり不安材料の方が圧倒的に多いと思うわけですよ。

「そうですか」

と、妙子はいった。厳しいとか不安というマイナスな評価よりも、嘘八百を並べた作文を「洞察力にすぐれ、ひじょうに素直」といわれたことに驚いた。だから、それに続く社長の言葉にはまったく意表をつかれた。

「まずは三ヵ月の試用期間、うちで働いてみますか」

妙子はその瞬間まで、不合格になると考えていたし、もしも万に一つにも採用するといわれたら、それまでの不満もなんのその、一も二もなくありがたく応じるつもりでいた。採用を断るという選択肢が自分にあるとは、考えてもいなかった。きっと、なんとかなる。家具のタケオカみたいなことが、そうそう何度も起るはずはない。

それなのに、妙子の口は妙子の意識にも意思にも従わなかった。

「せっかくですが、採用を辞退いたします。ご期待に添える自信がなくなったんです」

妙子は自分の発言に驚き、武井社長の不機嫌な鼻息と「そういうことなら、早く連絡をして欲しいものだ」という文句を聞いた。妙子の採用について、あの超多忙の面々が時間を割いてやったのだといわれた。

「すみません。申し訳ありません。以後、気をつけます」

早く通話を終えたくて、むやみに謝罪の言葉を並べると、それを打ち切るように「あなたもこれからは、不慮の事故などにお気をつけください」と呪いの文句みたいなことをいわれた。それで気持が少し楽になる。こんな、悪党みたいなことをいう人の会社で、働かないのが正解だと思えたからだ。

それでも、電話を置いたときはずいぶんと情けない顔をしていた。後ろに瑠希が居た。

「ああ、瑠希ちゃん。おばあちゃんって、根性ないわあ」

「そんなことないですよ。根性は、ここぞというときだけ出せばいいんですから」

「そういうもんかしら」

「おばあちゃんの世代は、根性を使いすぎ」

「そういうもんかしら」

冴《さ》えない顔で繰り返したが、若くて澄んだ少女の声は、武井社長の捨て台詞《ぜりふ》の毒を中和してくれるような気がした。

9　墓参り

梅雨入り宣言が出た翌々日は、天気予報に喧嘩《けんか》でも売るみたいに晴れた。

前日の天気予報を見て、妙子は瑠希と約束していた夫の墓参りに行くことに決めた。墓地には緑地があって景色が良いことなど話したら、お弁当を作ってピクニックをしようと瑠希がいいだした。

（まあ、まあ）

驚いた顔をしながらも、なんだかとても楽しくなる。まるで小学校低学年のころの、遠足前日みたいな気分だ。あんた急にそんなことといって――なんて文句をいいながら、冷蔵庫を掻《か》きまわした。乾物を入れていたカゴから、瑠希がかんぴょうを発掘してくる。

「炊き込みご飯と太巻き、どっちがいい？」

そう訊いたら、瑠希は太陽みたいに笑った。

＊

墓参りを終えてから、土手のようになっている緑地に敷物を敷いた。

真奈美が成長してからずっとお茶を挽《ひ》いていたピクニックバスケットは、物置から引っ張り出した。一見して籐《とう》か何かの自然素材に見えるが、実はビニール製である。子ども時代、そうと知った真奈美は、「ニセモノなんて、イヤ」とか「裏切られた気分」なんてずいぶんと文句をいっていたものだ。

真奈美を裏切ったビニールのバスケットは、久しぶりに見るとなかなかどうして、欧米の少女小説に登場しそうな本物らしく見えた。その中に、炊き込みご飯のおにぎりと、太巻きを入れた。林檎《りんご》があったら素敵なのにと思いながら、剥《む》いて砂糖漬けにした夏蜜柑《なつみかん》を入れた。ペットボトルの飲み物を買えばいいじゃないと妙子がいうのに、瑠希が水筒にほうじ茶を淹《い》れて自分で持った。

お弁当を広げた場所からは、花村家の墓の後ろ姿が見えた。瑠希は、炊き込みご飯のおにぎりを、幸せそうな顔で食べている。急いで作ったから味見もしなかったけど、案外に上出来だったので、妙子もそれだけでもう満ち足りた気分になっていた。

「あんた、ご両親はもう生まれ変わってるっていったじゃない？」

妙子は二匹で大荷物を運ぶ蟻を見ながら、孫に問いかける。

「人間って、死んだらすぐに生まれ変わるもんなの？」

「チベットだったかなあ。そういう風に信じてるって、前にテレビで見たんです。肉体は服みたいなものなんだそうですよ。それが、わたしには一番ストンと落ちたというか、そうだったらいいなと思ったというか——。別の宗教観を持つ日本人としては、ただの願望なんですけど」

「そっか。ストンと落ちるってところが、大事かもね」

孫のいうのが完全に理解できたのではなかったから、曖昧《あいまい》にいった。

「すぐに生まれ変わるって信じているけど、日本に生まれたわたしとしては、お墓を拠《よ》り所と思えないでもない——というか。両親には、生まれ変わって幸せに暮らしていてほしいと思うけど、おじいちゃんには孫にしてもらいましたので、よろしくお願いしますって、ここに会いにきたかった——というか」

「ふむ」

「ご都合主義みたいに聞こえますけど、ハイブリッドで信じていたいなあ、と」

「ハイ、ブリッド？」

亡くなった人はすぐに生まれ変わるけど、魂というのは複雑な仕組みになっていて、本体が生まれ変わったとしても、前世の痕跡《こんせき》とかデータみたいなのがきっと残る。それは墓にも宿るはずなので、墓参りというのは有意義である……はず。

「だってね——おじいちゃんには、会ったことないので。ここでしか会えないですから」

というのが、瑠希の思いである。

「死と転生がセットになっていると信じていても、お墓を詣《もう》でる国の国民として思うのは、もうずっと長いこと皆がお墓参りしてきたんですから、それに意味がないはずはない。たとえ、それが生きている者のための習慣だとしても、その信仰が完全に的外れなわけがない。だから、やっぱりここに来たらおじいちゃんに会えると思ったんです」

「あんた、難しいこと考えるのねえ。何だか、あんたのおじいちゃんみたい」

とけた砂糖がとろとろにからまる夏蜜柑を、プラスチックの皿によそった。

「そんなにいろいろ考えてもらって、おじいちゃんは喜んでるわよ」

「そうですか、ね」

瑠希は自分のつま先を見て、照れて笑った。かえすがえすも、夫にこの子を会わせてやれなかったのが残念だ。こんな感じに変てこりんな理屈をこね回す若者が、夫は本当に大好きだったのだ。

(そういえば――)

亡くなった人はお墓に居ないという歌の歌詞を、思い出した。

(ねえ、あなた、そこに居るわけ?)

改めて、古びた墓の後ろ姿を見つめた。

(いるなら、わたしの将来についてアドバイスをちょうだいよ)

そう念じた途端、遠くから子どもの声がした。「バカー！　やめてよー！」と、癇癪《かんしゃく》を起して泣いている。

(今のが、あなたの答え？)

気を悪くしていたら、自転車に乗ってきた老婦人が、妙子たちのわきで止まった。十キロも自転車をこいで夫の墓の掃除に来たという。

「掃除といっても、除草剤をまくだけ。この年になると、草取りも大変なんだもの」

尋ねもしないのにそういって、老婦人は土手に穿《うが》った階段を下りていった。除草剤と思《おぼ》しきものをまきだしたのは、花村家の筋向かいの墓だった。

「おばあちゃん、資格を取るなんてどうですか？」

「それは、いいかもね。でも、何の資格？　運転免許？　調理師免許？　英検？　秘書検定？」

思いつくものをぺらぺらと口に出したら、瑠希は呆《あき》れて笑った。

「そんなこと、わかっていたら——」

あじさいの花から、花村家の墓に視線を移した。

（ねえ、あなた。わたしに、何ができると思う？）

夫の見舞いに行った風景を思い出した。医者に余命を告知されて、その場で泣いたのを思い出した。看護師に優しくされたのを思い出した。

「看護師さんは、いいわねえ。でも、それは無理無理。お医者はもちろん無理だし。レントゲンとかの技師も無理よ。薬剤師も無理だし、運転免許がないから患者を送迎するドライバーもできない。駄目ねえ、わたし」

「医療関係がいいんですか？」

瑠希が意外そうな顔をしたのは、今までそんなこと聞いていなかったからだろう。それも、そのはず。妙子だって、今の今までそんなこと考えもしなかった。自分が経験した最大の危機――夫が病気になったときのことを思い出して、急にその恩返しがしたくなったのだ。

「おじいちゃんが病気になったとき、病院の人たちにとってもお世話になったのよ。優しくて、ひとを癒《いや》す仕事って尊いって感じたのを思い出しちゃった」

「医療事務とか、どうですか？　ほら、病院に行ったときに、受付や会計してくれる人」

「あー」

妙子は、つい不満げな声を出す。

「おじいちゃんの入院のとき、事務には本当に振り回されたわ。費用のこととか、パジャマのこととか。あっちへ行け、こっちへ行け、二階へ行け、郵便局に行けって。旦那《だんな》が余命宣告受けて心がボロボロになってるってとき、医療費の手続きなんて頭に入らなくて、もう――」

「駄目ですか。ごめんなさい」

瑠希がすまなそうにうなだれるので、妙子は慌てた。

「いや、別に駄目じゃないわよ。医療サービスの中の、大事な仕事だもの」

ふと、医師や看護師とはちがって、事務職なら自分にも手が届きそうな気がした。加えて、確かに今まで経験したことのない分野だ。立ったり座ったり探したり聞いたり説明したり、近所のクリニックの受付の女性も、さまざまに立ち回っている。

「それって、わたしでも出来るものなのかしら」

「資格があるんです。施設で仲良しだったおねえさんが資格取って、病院に勤めました」

「へえ……」

妙子の顔に興味を読み取って、瑠希がすかさずスマホで調べてくれた。でも、老眼鏡を持ってこなかったので、少しも読めない。となりで見ていた瑠希が表示を拡大してくれたが、今度は画面を動かすのが面倒だ。

(もう、いやな時代ね！)

苦心して読み終えたが、今一つすっきりしない。文字は紙で読みたいのだ。

「そろそろ帰ろうか」

「はい」

瑠希の方が先にぴょこりと立ち上がった。

弁当箱や敷物を片付ける瑠希の後頭部を見ていたら、どうしてだか泣きたくなった。

都合の悪いことに瑠希が顔を上げたから、慌てて遠くを見るふりをする。

「今夜は、何が食べたい？」

「餃子《ギョーザ》」

すかさず、答えが返ってくる。

「わたしが、包みます」

「いいわねえ。二人で作りましょう」

「やったあ」

真奈美が不妊治療で苦心していると聞いたときから、孫と台所に並んで料理をするのはまだ先のことだと思っていた。それが案外と早く実現したという感動を、妙子はじんわりと享受した。

(どう？　あなた、羨《うらや》ましいでしょう？)

年齢の離れた夫婦だったから、妙子は夫の前では子どもっぽくふるまう癖があり、このときも悪ガキみたいに問いかけた。

(ああ、ほんと、あなたが居たら、今夜の夕飯は三人で楽しかったでしょうにねえ)

バス停で瑠希と並んでベンチに腰掛け、ここに夫を連れてきた日のことを思い出した。

つまり、納骨の日。

天気の悪い日だった。家族葬にしたから、妙子のほかには真奈美夫婦だけ。それから住職がお経を唱えに来てくれる手はずで、墓石を動かすために墓石店の人たちを頼んでいた。

ところが、前日になって真奈美夫婦がそろって風邪で高熱を出し、ならば日を改めようかといったら真奈美は「別に、いいわよ。和尚さんにも予定があるだろうし、墓石店にだってその日ってことで頼んだんだから、ご迷惑だもの」なんていい「わたしたちが行ったところで、生き返るわけじゃないもの」ともいった。「おかあさん一人で、大丈夫でしょ」なんていった。

なんて冷たい子、と憤慨し、もう来なくていい、と啖呵《たんか》を切った。

事故に出くわしたのは、納骨の帰りである。

骨箱は墓石屋が引き取ってくれたので、妙子は身軽にタクシーに乗った。そして、そこから起った出来事が強烈過ぎて、真奈美に腹を立てていたのなんか頭から吹っ飛んでしまったのである。

問題のタクシードライバーは、高齢者だった。武士のなさけだ、ジジイと呼ぶのはよして、ジイサンで許してやる。と、当時を思い出して、妙子はまだ鼻息を太くしながら回想する。ジイサンは、後部座席におさまった黒服の妙子を見て訊《き》いてきた。

「納骨？」

「ええ、まあ、夫の」

「お客さん、まだ若いじゃないの？　旦那さんも若かったの？」

「いやあ、うちは結構、年が離れてましたから」

正直に答えたのは、悲嘆と寂寥《せきりょう》と喪失感と、その日のグズグスした空模様のせいだった。雨が叩《たた》きつける窓外の風景は、まるでこの世の終わりみたいに見えた。つまるところ、妙子はひじょうに弱っていて、人情に飢えてもいた。本来ならば、真奈美夫婦が同行しているから、少なくとも寂しいとは思わずに済んだはずなのに。

それで、つい愚痴をこぼした。父親の納骨の日に風邪を引くなんて——いや、それは仕方ないとしても、日延べを断って「おかあさん一人で、大丈夫でしょ」ときた。

「へえ。旦那さん、亡くなったのねえ。そう」

ジイサンが繰り返したのでイヤな気がしたけど、妙子はそれをイヤと感じるほど気が回らなかった。

「おれ、いくつくらいに見える？」

「えーと。六十くらいですか？」

唐突な質問に、妙子は何も考えずに答えた。運転席に居る人の容姿など、後ろに座る者には見えない。年をとっているのは声からわかるが、少なめにいってやるのが世間話のルールだろうと思った。

「へええ。おれ、七十二だよ。そんなに若く見えちゃうかなあ。じゃあ、嫁、もらえるかなあ。婚活もできるかなあ」

この人も妻に死なれたのだろうか？　そう思って同情していたから、次の言葉にはぎょっとした。

「あんた、嫁に来てくんないかなあ」

面食らった。こいつ、なにいってんだ。この喪服が目に入らぬか。いや、こちらが独身になったからナンパしてるのか。いや、今のをナンパなどと生易しい言葉で片付けられるか。これはセクハラだ。立派なセクハラだ。いや、セクハラに立派なヤツなんぞないわ。

妙子の怒気を察して、ジイサンは慌てたらしい。

「いやあ、旦那さん、保険に入ってたでしょ。生命保険。死んだなら保険金、がっぽり下りるねえ。いいなあ、ごちそうさん」

妙子はダンマリを通し、自宅近くの大きなお屋敷の前でクルマを降りた。案の定、ジイサンはまたよけいなことをいう。

「よおし、あんたの家、覚えたぞ」

それは郊外に社屋のある、小さなタクシー会社のクルマであった。妙子は自動車のことはよくわからないが、車体もずいぶんと古かった。ひと昔前の刑事ドラマなんかで、追跡の末に大破したり炎上したりするとき、大変に古い型のクルマを使っていて、登場と同時に大破炎上の顚末《てんまつ》が読める。ジイサンの乗っていたのも、それを思わせるくらいオンボロであった。

ジイサンの無礼は、社員教育がされていないせいだろう。客との間の間仕切りもなく、カーナビもなかったから、ジイサンもまたリスクを背負って働いていたわけだ。夫を亡くしたばかりの中年女のために、ジイサンはジイサンなりに、夜の街で覚えたリップサービスを、せいいっぱいにいってみただけなのかもしれない。

などということを、当時は思い遣《や》る余裕などあるはずもなく、妙子は帰宅すると速攻でクレームの電話を入れた。夫が死んだこと、娘が冷たかったこと、それだけでもう充分に気が立っていたので、ジイサンは妙子の悲嘆の生贄《いけにえ》になった。全てはジイサンが悪いような気になって、妙子は親のカタキ――いや、夫のカタキを糾弾するごとく、猛烈に怒ったのである。

(ジイサン、七十二でも働いてたのよねえ)

そんなことを思っていたら、バスが来た。除草剤を撒《ま》きに来た老婦人が、作業を終えたらしく、バスターミナルにある自動販売機のそばで飲み物を飲んでいた。

＊

自宅近くの商店街で食材を買い込んだ後、瑠希を連れて書店に立ち寄った。地元の老舗《しにせ》書店の支店で、ごく小さい店舗だ。二階建てで、ざっくり分けると二階が子どもの本、一階には一般向けの本が置いてある。売り場が狭いので、可もなく不可もない品ぞろえだが、妙子が必要なたぐいの本はおおむねここで売っている。

(でも、今日はどうかな)

エコバッグからニラをはみ出させて、妙子は普段は寄り付かない一角に向かった。本好きの瑠希は、どれでも好きな本を一冊買ってやるというと、嬉々《きき》としてやはり妙子が寄り付かない一角に向かった。難しい海外文学のコーナーだ。

妙子の欲しかったのは、医療事務に関する本。思い立ったが吉日というわけである。見つかるだろうかと心配していたが、迷うくらい何冊もあった。あればあったで、それほど人気の職種なのか、ご近所にさえライバルが多く居るということなのかと心配になる。

まずは、三冊選んでみた。まるで門外漢なので、イラストが可愛いのと文字が大きいものにした。

瑠希は二冊の本を手にもって、大真面目な顔をしている。一冊は南米のノーベル賞作家の本で、もう一冊は東欧のノーベル賞作家の本だという。どちらも極めて小粋《こいき》な装丁だったから、どちらも買ってやるといった。

「本当ですか？」

瑠希の顔がパッと輝いたが、すぐにシビアな色にもどる。

「駄目です。どっちも高いですから」

そんなの平気よといったけど、瑠希は結局は東欧の方にした。見た感じ、こちらの方が女の子らしくて可愛い表紙という理由で、妙子も納得した。

10　武田さんとアイドルちゃん

医療事務の講座に通い出したのは、翌週からのことである。

フットワークの良さは、昔からだ。良すぎて、急《せ》いては事を仕損じるという憂き目に、これまでの人生で何度も遭遇している。この度も、講座の開始時期がたまたま翌週からだったというだけで、もしも翌日だったら翌日から始めていた。

場所は県庁近くのオフィスビル二階の小さな部屋で、受講生は六人だった。資格取得に人数制限はないが、就職先となると限られているから、ライバルが少ないのは上々である。

講師の中年女性が、だれかに似ていて、しかしそのだれかが思い出せず、しばらく苦しんだ。自己紹介と医療事務の何たるかの説明が終わるころ、ようやく思い当たる。ハリウッド女優のメリル・ストリープだ。すっきりした。こういうのは、ほんと気になる。

それにしても、映画女優に似ているというのは、なかなかの慶事ではないか。本人にいってあげたら、さぞ喜ぶだろう。そう思いながらも、また別のだれかにも似ているような気がしてくる。わかりそうでわからない、もやもやが再来して、妙子はその「別のだれか」のことが、むやみに恨めしくなった。その人物のせいで、またしても気持の悪い思いをしなければならないのだから。

(あ、真奈美よ！　この先生、うちの真奈美にも似てるんだわ)

映画を見る分には、メリル・ストリープという女性はごく陽気そうで感じが良いから、妙子は西洋の肝っ玉かあさんという印象を持っている。でも、目の前のメリル先生は、容姿ばかりは「Hahahaha!」なんて開けっぴろげな笑いが似合いそうなのに、実際は暗い声で駄目出しばかりやっていそうなオーラを発散していた。それ、まさしく、真奈美の雰囲気である。そういう人に「先生って、メリル・ストリープに似ていますよね」なんていったりしたら、どんな反応が返ってくるか——。

それにしても、真奈美はどうしているだろう。あの子の性格からいって、我慢比べだとでも思っているのかもしれない。

(甘いわね)

なにせ、肝心の瑠希は、妙子のそばに居るのだ。真奈美が意地を張っても、苦しいのは真奈美だけ。それが不憫《ふびん》でないともいえないが、真奈美が瑠希に自分の価値観を押し付けている限り、妙子は瑠希を返すつもりはない。瑠希が本当に自分の人生と向き合える年齢になるまで、型にはめたりせずに育ててやる覚悟はできている。

真奈美には悪いが、瑠希が居てくれた方が妙子は生活にハリが出来るし、楽しい。それに、助かる。今日、ここに居るのも、再就職について瑠希が話し相手になってくれたおかげなのである。

などと気が散っていたが、講座の内容は意外なほどスルスルと頭の中に入っていた。定年退職以来のスローライフで英気を養い尽くし、妙子の頭脳は働くことに餓《う》えていたのかもしれない。

休み時間に親しくなったのは、武田《たけだ》さんという四十代を前にした女性だった。真奈美と同年輩だが、同じ受講生という立場だからか、ずいぶんと世慣れた風に見えた。小柄で小太りで、手足が短くて、どこもかしこも丸い印象の人である。

武田さんが、講義内容をしきりと「難しい」というので、妙子は内心で得意になった。お互いに前職について自己紹介し合い、妙子がオジンの経理係長をしていたといったら、武田さんは素直に「すごーい」と目を丸くしてくれた。それでますます、気を良くする。

武田さん自身は、保険の外交員をしていたという。聞くよりは、話したがりのタイプで——いや、それでは武田さんの説明には控え目すぎる——こちらの興味如何《いかん》にかかわらず、武田さんは猛烈にしゃべる人だった。二人の息子のこと、夫のこと、舅姑《しゅうとしゅうとめ》のこと、前職のことを一気呵成《いっきかせい》に語り、話題は市内のクリニックの裏話へと進んだ。

これがまた、大変な情報量なのである。

横田《よこた》メンタルクリニックの先生は、偏屈でヘソ曲がりであるとのこと。スタッフにも患者にも出入り業者にも失礼なのだが、高齢ゆえに皆が大目に見てくれている——。

川崎《かわさき》外科の先生は、いざ手術に取り掛かろうという段になって、調べものがしたいといい出して本を探し始める――。

駅前の小林《こばやし》眼科の院長先生は、浮気が見つかって離婚の危機だった。夫婦でやっているクリニックなのに、離婚なんかしたらどうする気だったのかしら。こういうとき、夫婦別姓じゃないと妻は損するわよね。でも、浮気者として認知されたまま同じ屋号で仕事を続けるのも困ると思うわ。でも、病院も「屋号」っていうのかな――?

そんな話を聞きながら、妙子は後ろの席でうつろに窓を見ている、若い娘を見やった。大変に美しい女の子だった。成人女性をして「女の子」などと呼ぶのは、ハラスメントにほかならないが、その女の子は「女の人」や「女性」と称するには、幼い感じがした。いや、幼い様子でいるのが、本人の身上のように察せられた。

彼女の名前は、田所美央《たどころみお》。容姿の良さは、日常の風景から浮き上がるほどだ。だから、講師にメリル先生という密《ひそ》かなあだ名をつけたように、田所さんのことも内心では、「アイドルちゃん」と呼ぶことにした。若者風俗についてとんと疎い妙子としては、可愛らしく、美しく、どこやら媚《こ》びを含んで、どこやらチープで、どこやら憂いを帯びた「女の子」を表現するのに、アイドルという言葉が最適に思えたのである。

*

その日の授業が終わってから、潮美にメールを送った。講座を受け始めたことと、会いたいという内容である。すぐに返信が来た。潮美も話したいことがたまっていたのだけど、妙子が忙しそうで遠慮していたという。

(忙しい？　わたしが？)

仕事をしていないから、暇に決まっている。潮美がなぜ、そう思ったのか不思議だった。時計を見てから「一時間後にウィーンで」と返した。前はこっぴどいトイレの臭いをさせて行ったけど、まさか店の人たちに覚えられてはいるまい。

潮美は律儀な人だから先に来て待っているだろうと思い、約束の時間より十分早く行ったら、やっぱりもう来ていた。こちらを見て嬉《うれ》しそうに小さく手を振るので、ホッとする。それで気が緩んだこともあり、一歩踏み出せて浮かれてもいたから、上機嫌で席についた。前にここに来たときとは、地獄と天国ほども差がある。

「おごるわよ。何でも好きなものを頼んで」

妙子がそういうと、潮美は目を細くしてほほ笑んだ。

あれ？　この人のこの笑い……。意識のどこかで、警報が鳴る。何かが臨界を越えたとき、潮美は声を出さずにこういう紙みたいな薄い笑い方をするのだ。長男が中2のときに荒れて補導とか学校からの呼び出しが重なったときも、最終的にこんな顔になった。あのとき、ただならぬものを感じた妙子は、夫も駆り出して合田家に押し掛《か》け、長男を捕まえて一昼夜説教をした。まさに一昼夜しゃべって、夫婦二人とも声が嗄れてしまった忘れ得ない出来事だ。

今度は、いったい何が起ったのか。——いや、予想はつく。

「うちの、休職することになったの」

ああ、やっぱり。妙子はまず自分の上機嫌な顔を、どうにかせねばと焦った。それは上機嫌なまま強張《こわば》って固まってしまい、長いため息をついてようやく真顔にもどった。

「今の仕事が、苦になっていたんでしょうね。こないだのことも、病院でのことも、原因はきっとそれだったのよ」

「まあねえ」

ウェイトレスがメニューを持ってきたので、ふたりとも暫《しば》し黙った。妙子の前には、ウィンナー珈琲《コーヒー》がある。いつもなら待っていて一緒に注文するのに。気持が荒れているのだと察して、警報は再び鳴り出した。

だから、潮美が「あなたの方は？」などと話題をこちらに向けたときは、かなり困った。そもそも、ようやく満足できそうな一歩を踏み出したことを、報告したかったのである。潮美にはいつもそうしてきたし、今回は家具のタケオカでの失敗の後だし、経過報告は義務みたいなものではある。

でも、目下どん底に居るみたいな顔色の潮美に、意気揚々とした現状を語るわけにもいかない。さりとて、事実でないこともいえない。ここは自分ではなく孫の手柄で、どうにか新しい展開が見えてきた——なんて具合に、愚痴のオブラートに包んで、控え目に……ごくごく控え目に話した。

「羨《うらや》ましい」

潮美がぽつりといったので、妙子は面食らった。おかしな話だが、こんなに気を遣ってへりくだったのに、羨ましがられるのが心外だったのである。自慢なんかしていない。これは、愚痴なのだから。そう思っても、不幸せそうな顔をしている人に羨ましがられるのは、まことに後ろめたい。

結局のところ、妙子の自慢話に、潮美はヘソを曲げてしまった。別のときならともかく、どん底から友人の自慢を聞くのは堪えがたい――ということは、わからなくもない。

「あなたさ、どうしてそんなに働くの？　暮らし向き、苦しいの？」

無理にもこちらを見下そうという物いいに、さすがにムッとした。

「そうじゃないわよ」

「だったら、もっと楽したらいいじゃない。一生働き詰めなんて、どうかと思う」

（うーん）

潮美の険悪な態度に直面し、百年の友情も冷めかける。おごるなんて、いわなけりゃ良かったと、いじましいことを考えてしまう。

（この人が、今までわたしに優しかったのは、わたしのことが羨ましくなかったからなのかしら？　わたしを見下せる立場に居たからなの？）

そんな具合に妙子の心が黒ずんだとき、出し抜けに店内をそよぐように満たしていた

BGMが、別なものに変わった。賑《にぎ》やかで調子の良い演歌――島倉千代子《しまくらちよこ》の『人生いろいろ』である。

店内がざわめき、一組の若いカップルが声を上げて笑い出す。店のスタッフが、有線放送のチャンネル操作を間違いでもしたのだろう。お千代さんの歌はほんのワンフレーズで終わり、また何事もなかったようにピアノ協奏曲が静かに流れ出した。

妙子も笑おうとしたのだが、笑み交わすはずの潮美は大真面目な顔をしていた。さっきまでの最悪な感じは幾分か薄れている。まるで、未知の方程式を解いた数学者みたいな表情に変わっていた。

(人生、いろいろ……？)

人生いろいろというフレーズが、打ちひしがれた心に響いたのかもしれない。今の有線放送のささやかなトラブルが、潮美には神の啓示のように響いたのかもしれない。人生はいろいろだから、いずれまた良いときもあるはずだ、と。

妙子はそう察したから、ここぞとばかりに自虐的なことをいった。わたしと比較して落ち込んだのなら、こちらも本当に低空飛行なんだから落ち込むことはないのよ、という意味を込めて。

「わたしはねえ、潮美、まだ世間とつながっていたいのよね。そうじゃないと、不安なのよ。朝、出勤時間に家でのんびりしていることに、罪悪感を覚えてしかたないの」

「違うわよ」

潮美の目が吊《つ》り上がった。幾分やわらいだ表情が、また怖くなっている。

「あなたたちは、働くのが好きなんだわ。ケチなのよ。貧乏性なのよ。指一本動かすのも、それでお金を稼げないなら、損したと思うのよ」

これは、重症だ。もう完全にヘソを曲げている。ヘソ曲がりのエンジンがかかってしまったからには、ブレーキを踏むまでどんどん進んでしまう。クルマと違って、人間の気持はブレーキのありかがよくわからない。

さりとて、潮美の指摘は的を射ていた。例えば、散歩。時間をかけてせっせと歩いても、一円にもなりゃしない。こんなこと、毎日している人が居るなんて、信じられない。定年退職直後は、本気でそう思っていた。必要な無駄というものがあるとわかったのは、最近である。

「このところ、やけに認知症のおばあさんを見かけるのよ。旦那《だんな》さんに車椅子を押してもらっているの。うちの長男が、おかあさんも気を付けなっていうのよ。はあっ？　って感じ。でも、あの子、アイデンティティのない主婦は、認知症になりやすいっていい出すわけ。失礼しちゃうわ。だれが作ったゴハンを食べて、だれが洗濯した服を着て、だれが掃除した家で暮らしてるっていうのよ」

なるほど、潮美の鬱屈《うっくつ》は旦那のことばかりではなかったのだ。せっせと家族に尽くしてきたと信じていたのに、おかあさんはお気楽すぎるから認知症になるかもなんていわれたら、そりゃ頭にもくる。

潮美は今いったみたいに、息子にいい返してやったんだろうか？　いい出せまい。あんたたちのために頑張ってきたなんて、口に出したいセリフではない。それに、何もできない男に限って、「そんなことは、だれでもできる」といい出しかねない。息子にそんな口をきかれたら、怒るどころかもっと恐ろしい結果になりそうだ。

（でもなあ――）

専業主婦の仕事は、妙子のような兼業主婦もしてきたのである。家事の分担をしてくれる優秀な夫も中には居るだろうけど、昭和の男はなかなかそんなことはできない。妙子の夫だってごくごく性格の良い妻思いの人だったが、台所に立ったことは数えるほどしかない。真奈美の出産で産科に入院したときなんか、夫は一人で立ち往生し、林檎《りんご》に醬油《しょうゆ》をかけておかずにしたそうである。

なんていってみたところで、大して面白くもないと思う。

思い切って、話題を転じてみた。

「ええと――。うちの孫がね、働き出す前に、バックパッカーをやりたいなんていうのよ。バックパック一つで、世界中をどこにでも行くんだって。若いって、バイタリティあるって感心しちゃう。でもさ、潮美も少し気晴らしに旅行なんてしてみたら？　なんなら、いっそバックパッカーしちゃう？」

「ば――バカじゃないの？」

潮美は本気で怒りだした。

「そんなこと、責任ある大人に出来るわけないでしょ！」

そろそろ、妙子も頭にきた。あー、そうですか。すみませーん。などと、感じの悪い返しをしなかったのは、ただもう長年培った分別のたまものである。

潮美も精一杯の自制心を発揮して立ち上がり、「用事を思い出した」といって、帰ってしまった。おかしな態度ではあるが、決定的な亀裂《きれつ》を回避するにはそれしかなかっただろう。黙って憤然と立ち去らなかっただけでも、上々だ。

（だけど）

成人してからこちら、友だちと喧嘩《けんか》なんてしたのは初めてだった。このざらざらした坐《すわ》りの悪い気分は、思春期以来のものだ。箸《はし》が転んでもおかしかった年頃は、同じくらいくだらないことで、真剣に喧嘩もできていた。すぐに仲直りできたのは、互いに遠慮もなく、真っ正直に向き合っていたせいかもしれない。

会計をして、店を出た。潮美は、自分の分の会計を済ませていた。

（おごるっていったのに）

いや、この気まずい時間を引きずらないためには、貸し借りなしで済ませた方が無難というもの。でも、そんなややこしい分別が、人間関係そのものをややこしくしている。大人だって交換日記をすればいいのよ。そしたら、全ての問題は解決よ。そんなことを考え、だったらさしずめこんな日はどう書くのかしらなどと考えていた妙子は、ふと足を止めた。

目をぱちくりさせる。

歩道を歩く妙子の目の前に、異なものが居た。

頭頂部のうすい小太りの中年男と、その中年の腕にぶら下がって歩く、見目麗しい乙女だ。小太りの腹周りは、しまりがないせいでワイシャツがだらしなくはみ出して、何ともみっともない。見目麗しい乙女は、秋葉原《あきはばら》で売っているというフィギュアみたいな容姿をしていた。まさに、スッポンと月。

中年男の方には見覚えがなかったが、驚いたことに乙女は顔見知りだった。いや、向こうは妙子を知るまい。妙子とて、名前は忘れてしまったが――ともあれそれは、医療事務の講座に来ていた、可愛らしく、美しく、どこやら媚《こ》びを含んで、どこやらチープで、どこやら憂いを帯びた――あのアイドルちゃんだったのである。

アイドルちゃんと中年男は、これ見よがしにいちゃいちゃと身を寄せ合い、たわむれ合って、のろのろ歩いていた。それはいかにもカップルらしい態度ではあったが、世界一不釣合いなカップルだった。そりゃあ、世の中には若い美女と結婚する大金持ちの高齢男性が居るが、少なくとも腹周りのだらしないその小太りの中年は、財産家には見えなかった。ごく平凡で、かなり冴《さ》えない勤め人といった風貌《ふうぼう》である。

怪訝《けげん》に思いつつ、妙子は二人を尾行していた。まったくおせっかいおばさんの所業だが、そのときの妙子は自分が怪しいことをしているなどと気も付かなかった。目の前のカップルが発する、異様な空気を捨て置くことが出来なかったのだ。

(こういうの、何ていったっけ)

バカップル。その言葉はすぐに頭に浮かんだけれど、妙子は眉根《まゆね》を寄せる。

(確かに、バカップルだわ。でも、そうじゃなくて、もっと——)

もどかしさに、喉元《のどもと》に手をやったとき、中年男の方がアイドルちゃんの肩をいっそう引き寄せながら囁《ささや》いた。それは囁きではあったのだが、アイドルちゃんを見せびらかしたいという潜在意識のゆえか、声は周囲に響き渡る。妙子の耳にも、はっきりと聞こえた。

「なあんだ、美央ちゃん、働くの？　今みたいに会えなくなるじゃん。寂しいよ」

ねばついて甘えた鼻声に、妙子は背筋がザワザワした。その瞬間、求めていた答えが、浮かぶ。パパ活。そうだ、これは、世にいうパパ活というものだ。妙子のような昔かたぎの人間ならば、反射的に眉《まゆ》をひそめるあのパパ活だ。

(パパ活なんて、初めて生で見ちゃったわ)

潮美に教えてやらなくちゃ。喧嘩したばかりだというのに、そんなことを考えた。

そんな間にも、二人は交差点を渡り始め、妙子はすかさず追いかける。

「お小遣いが足りないなら、いつでもいっていいんだよ」

車道の真ん中で財布を出した中年男は、幾枚かの紙幣をアイドルちゃんに渡した。

妙子は仰天してしまったが、立ち止まって矯《た》めつ眇《すが》めつ観察するには、小学生ほどの無邪気さが必要だった。やむなく二人を追い越して交差点を渡り切り、振り返った。

（消えた）

横断歩道の真ん中で札びらを切っていた中年男とアイドルちゃんの姿は、なぜかもう視界にとらえることはできなかった。たった今、目撃したことが白昼夢だったような気がしてくる。昔話のように、狐につままれたような気がしてくる。

立ち止まった妙子のわきを、二人連れのサラリーマンが身をひるがえすようにして通り過ぎた。宅配の配達員が、台車を押して横切った。

（ああ、邪魔よね。ごめんなさい、ごめんなさい）

胸中にそう唱えて、そそくさと歩き出す。

（パパ活、ほんと初めてみちゃった）

もう一度、そうつぶやいた。

翌々日、二度目の講座に行くと、武田さんがいかにも意味ありげに耳打ちする。それによると、アイドルちゃんが早くも脱落したのだという。

11　アイドルちゃんとの縁

瑠希が来て、妙子が就活や資格試験に取り組むようになるまでに、真奈美からの連絡は、あるにはあった。実は、頻繁にあった。

奈良漬けを食べないかという電話に始まり、それと似た用件の十四回の電話と、七通のメールと、三回の宅配と、当人の訪問が一回。

奈良漬けのときと同じく、電話でもメールでも瑠希のルの字もいわない。いったら負けだと思っている。負けたら、瑠希の夢を認めなければならないと思っている。しかし、どうしているか気になって仕方がないのである。それが電話一回＋十四回、メール七通、宅配三回、訪問一回という行動に表れている。

（ちょっとしたストーカーじゃないの。不気味な子ねえ）

そんなにも娘のことが気にかかるのに、真奈美は「元気にしている？」なんておくびにも出さない。梅干しの漬け方だとか、従姉《いとこ》のルミちゃんからもらったスノードームはどうしたかしらなんて、いかにも無理にこしらえた話をしてくる。

（ルミちゃんからスノードームをもらったのなんて、あの子が小学二年生のときよ）

こんなにも電話の口実に事欠くなんて、自分と真奈美の親子関係にも問題があるのではないかと思った。わたしなら、どんな話題にするかしらなどと思ってみたものの、やはり何も思い浮かばなかった。三十年前のスノードームのことでも、見つけ出しただけエライというものだ。

それでも、三回の宅配のうちの二回には、瑠希の着替えが詰められていた。大量ではないところに、親の悲哀みたいなものを感じて、ついこちらから折れそうになった。いやいや、こっちは瑠希の人生がかかっているんだからと思い、過剰に冷たい反応をしてしまった。――着替えなんか送ってこなくていいのよ。こっちで新しいのを買ってやるから。

真奈美にとって不運なことには、電撃訪問しても瑠希に会えなかった。図書館に行っていたのである。それでもやはり瑠希のルの字も出さず、サバの醬油《しょうゆ》煮を作って帰って行った。生姜《しょうが》と一緒に甘辛く煮詰めたもので、真奈美が小さいころから食べさせていたおかずだ。

――わたしが来たなんて、瑠希にはいわないでよ。

固く念押しされたから、「いいけど」と曖昧《あいまい》に約束した。妙子譲りのこのサバの醬油煮は瑠希の好物だったようで、ご機嫌でお代わりしていた。おかあさんが来て作って行ったのよと、いうかいうまいか迷い、結局のところ黙っていた。

真奈美は、やきもきしつつ、意地を張りつつ、じっと待っている。瑠希が「ごめんなさい」といい「やっぱり帰る」といい「学校に行く」といい出すのを、ひたすら待っているのである。しかし、かえすがえすも、そこに瑠希の未来はないのだ。真奈美も、そろそろ気付いていいころではないか。あるいは、真奈美は自分を待っているのかもしれない。瑠希に対して、いや、今では瑠希と妙子の連合軍に対して白旗を上げたくなる自分を、待っているのかもしれない。——そういうところが、昔からあった。思い返せば、歩き始めた一歳くらいのころから、すでに一本気というかやたらと頑固なところがあった。

(どうして、あんなに頑固なのかしら)

真奈美と夫の久雄は、共働きである。真奈美とて、日々、社会でもまれて生きているはずだ。ワンマン社長でもあるまいし、あれほど自分を曲げないで、働けるのだろうか。

(きっと、職場の人たち苦労してんのよ。でも、久雄さんの苦労はさらに倍率ドンだわ。それでも、頭ごなしにいわれる瑠希がいちばんキツイわよね。いやいや、瑠希はわたしが育てるんだから大丈夫)

そこまで考えてから、ふと思う。

意地っ張りの真奈美のいうとおり、サバの醤油煮の電撃訪問を瑠希に教えなかったのは、それは妙子のエゴゆえのことではなかったか。瑠希が帰ってしまうのを恐れたから、あれを妙子自身が調理したもののごとく瑠希に食べさせたのではなかったのか。

(姑息《こそく》な——)

いや、瑠希はわたしを選んだのだから。わたしが育てるんだから。そう胸に唱える頑固さが、実は真奈美に受け継がれているのだと、妙子は気付かない。

＊

医療事務の試験会場には、意外と大勢の人が居た。妙子の通っていた教室にはたった六名の生徒しか居なかったし、アイドルちゃんが抜けてすぐに五名になってしまった。ライバルは少ないと踏んでいたから、会場に集った人たちを見て身構えてしまった。

武田さんもやはり来ていて、妙子の姿を見ると嬉《うれ》しそうに駆け寄って来た。妙子と同じことを思って、物おじしていたという。およそこの人に、物おじという言葉は似合わないけどなあと思った。アイドルちゃんは、やはり居なかった。安堵《あんど》と胸騒ぎが同時に胸をかすめたが、すぐに消えた。試験が始まったのである。

答案用紙に向かう妙子は、会場に集う全員に対抗意識を燃やしに燃やし、ガッとばかりに集中力と知力を総動員したのだが、問題は呆気《あっけ》ないほど易しかった。余裕で全問を解いたが、時間ぎりぎりまでねばってから提出した。獅子《しし》であった。獅子は兎を狩るにも全力を尽くす――などとうぬぼれてみたが、実際のところ妙子は獅子であった。後日、メリル先生が教えてくれたのだが、妙子の成績は満点だったそうである。

満点の合格祝いに、瑠希と食事をした。場所は、教室近くで見つけた、居心地の良さそうなこぢんまりとしたファミレスにした。

「居場所というのは、近くにあるものなんですね」

メニューを見ながら、瑠希が小さい声でいった。

バックパッカーをしなくても、外国に人助けに行かなくても、ここが瑠希には居場所だと思えるということだろうか。だとしたら、祖母として無条件に嬉しい。このまま、危険な場所などに行かずにいてくれないだろうか。そう思ってしまうのは、家族のエゴだろうか。しかし、家族が案じずしてだれが案じるのか。ならば、真奈美の強権発動にも、理解の余地がある？

と、内心一人で問答していたときである。

いい争う男女の声が、店内に響き渡った。

そもそもファミレスというのは見晴らしがよいので、震源地はすぐに目に入った。一番奥のテーブルで、若い男といい合っているのは——あのアイドルちゃんだった。

いや、ちがう。それは喧嘩《けんか》ではなかった。向かい合う男女のうち、怖い声を出しているのは男の方で、アイドルちゃんは細い声で抗弁している。

妙子の興味津々の目付きに気付いて、瑠希もしずしずとそちらを見やった。

「ほら、前に話したでしょ。例のアイドルちゃん」

「へえ」

瑠希は目をぱちくりさせる。

「きれいな人ですね」

そして、付け加える。

「なんか、やばい感じ……」

実際、それは男女の修羅場というものだった。男は――若い男は、いうまでもなく、妙子が偶然にパパ活の現場を目撃した、あの中年男ではない。大学生風の、品の良い青年だった。さりとて、妙子が大学生風と断じたように、世の中に揉《も》まれた経験があるようには見えず、育ちの良さそうな風貌《ふうぼう》に反して、その口から出る声も言葉も乱暴である。

「なんで、嘘つくんだよ！　見たってヤツ、何人も居るんだからな！」

大声で、若者はいった。この人は、アイドルちゃんの彼氏なのだろう。大方、アイドルちゃんのパパ活のことを知り、それを追及しているのだろう。

（それにしても――）

パパ活していたアイドルちゃんもアイドルちゃんなら、彼氏も彼氏である。そんな深刻な場面だというのに、テーブルの上にはハンバーグ定食とパフェが並んでいた。そんな親子の行楽みたいなものを食べながら、恋人の不実を追及するものなのか？　いや、するものらしい。彼氏は、怒りながらぱくぱく食べている。

一方、緑色のソーダ水を前にしたアイドルちゃんは、困ったように身をよじっていた。どこか文楽の人形を思わせる所作だ。つまり、ちょっとわざとらしい。

「嘘じゃないもん。そんなこと、してないし」

はじめて聞くアイドルちゃんの声は、予想よりも少し低くてハスキーである。その声が、少し震えていた。

「してるだろ、パパ活」

「してないもん」

「じゃあ、その服、だれに買ってもらったんだよ。そのピアスも、高そうだよな。その靴も、バッグも」

「買ってもらったんじゃない。働いて、自分で買ったの」

「嘘つけ。何の仕事だよ。バイト、辞めたんだろ」

「バイトじゃないもん。病院の受付だから」

今度は、妙子が「嘘つけ」という番だった。あなた、医療事務の講座を一回きりで辞めて、試験も受けに来なかったじゃないの。おばさんの本能として、もう少しで修羅場に乱入して、アイドルちゃんを糾弾してやりそうになった。なにせ、こちらはパパ活の現場を見た生き証人なのだから。

それをグッと堪《こら》えていたら、彼氏の声はさらに大きくなった。

「じゃあ、そこの医者とデキてるんだ」

「そんなわけないじゃん。先生、メリル・ストリープにそっくりな女の人だよ」

アイドルちゃんは、また妙子にわかる嘘をついて泣き出した。

店はさほど混んでいなかったけど、客たちの目がいっせいに二人に集まる。ウェイトレスが、店長とおぼしき年嵩《としかさ》の男性を連れて来た。白シャツに濃灰色のギャルソンエプロンを着けた店長がちょっとコワモテだったせいか、あるいは修羅場から逃げ出したくなったのか、彼氏は肩をそびやかす恰好《かっこう》で立ち上がると、店を出てしまった。

会計もせずに退散する彼氏の後ろ姿を、血のつながらない祖母と孫娘はそっくりな顔で見送った。

「なんか、いやなもの見ちゃった」

妙子は、そのいやなものを祓《はら》うように、声に出していった。

アイドルちゃんはひっそりと泣き止み、店内一同が見るともなしに見守る中、意外なくらい落ち着いて会計を済ませ、退場した。

「みんな、生きてるんだ」

瑠希が、ぽつりといった。

*

医療事務の学校から電話が来たのは、ちょうど一週間後のことだ。電話の相手はメリル先生であった。

求人があるから、面接に行ってみないかという。駅前にある眼科だというから、通勤にも都合がいい。一も二もなく応じることにした。

（でも、小林眼科って、どこかで聞いたことあるような？）

電話を切ってから、あれこれと考えた。妙子自身、滅多に眼科にはかからないが、行くときは近所にある津田《つだ》先生のお世話になっている。ほかの眼科で働くようになったら、津田先生にちょっと申し訳ないわなんて、狸の皮算用みたいなことを考えてしまう。なにしろ、電話では、お世辞などいいそうもないメリル先生が、明るい声で激励してくれたのだ。――花村さんは、満点で合格したんですから、自信を持ってください。

「瑠希ちゃんの授業料を払うために、おばあちゃんはがんばるわよ」

そういって、前祝いに鯛《たい》を買った。

「鯛のお刺身って、美味《おい》しいわよねえ」

真奈美の好物である。そういいそうになって思わず黙ったら、瑠希が嬉しそうに目を細めた。

「おかあさんの誕生日に、おとうさんと鯛を買いに行って、二人で料理したんですよ」

屈託ない様子に、妙子は意外そうに首をかしげた。まるで本当の親子みたいにいう。まるで真奈美との間に問題がないみたいにいう。そのことに妙子は安堵し、同時に少しだけ焼《や》き餅《もち》をやいた。

小林眼科の面接は、土曜の午後であった。土曜は午前だけの診療なので、休診時間を利用して、というわけだ。

考えてみれば、医者というのは本当によく働く。難しい大学で苦労して勉強して、いつ楽をするのだろう。そう思ってみて、かぶりを振った。休むために働くという発想は、おかしい。働くために働くのだ。それが、働き者の生きる道なのだ。働き者の世界に満を持して、意気揚々と、胸を張って復帰しようとしている自分に、妙子は――酔った。

＊

クリニックは思いのほか、こぢんまりしていた。新しいビルに似つかわしい、清潔で快適そうな待合室。待合室と受付カウンター。診察室に続く廊下は、オレンジ色のカーテンで仕切られている。待合室のソファも明るいオレンジ色だった。受付カウンターには、造花と陶製の加湿器が載っていた。サボテン形の加湿器には、水は入っていないようだ。

「花村さーん」

女性の優しい声で名前を呼ばれた。一瞬、診察を受けに来たような錯覚を覚える。いや違う、しっかりして。これは採用面接。診察が終わってスタッフは帰ってしまっているから、今のは奥さんであるところの副院長の声だ。いよいよ、面接が始まるということだ。

医師夫妻は、四十代の品の良い人たちであった。二人とも、肌つやが良いし白髪もないから、ひょっとしたらまだ三十代かもしれない。だとしたら娘夫婦と同年輩ということになる。

（それにしても、天は二物を与えちゃうのねえ）

院長は背高の美男子。副院長である奥さんは、容姿のほかにも非の打ちどころのない知的で柔和な女性だ。イケメン院長は、出会ったころの夫に少し似ていた。それで少しときめいた。ときめきなんて、おくびにも出さずにときめくことが出来るんだから、女も年をとると可愛げがないと、自嘲《じちょう》しつつ自慢にも思った。

夫妻はクリニックにおける妙子の仕事内容について、さらさらと要領よく語った。妙子の前職のことも、志望動機もとりたてて話題にはされなかった。世間話や時事のことを、まるで気の合う旧知の間柄のように語り合い、なごやかで楽しいままに面接は終わった。奥さんの方が「今、お返事してもいいのだけど、念のために改めてご連絡します」といい、院長はそのときだけは表情が引き締まる。

帰宅するために待合室にもどった妙子は、そこに思いがけない人が居て驚いた。誰あろうあのアイドルちゃんが、妙子の知らない何やらいう古風と今風のごった煮みたいな服装で、ソファにちょこんと座っていたのだ。

「…………」

アイドルちゃんはこちらを見上げ、視線を逸《そ》らした。会釈をするつもりだった妙子は、下げかけた頭の始末に困って、戸惑う。

(この子は、やっぱりわたしのことなんか覚えていないのね)

妙子の方は少なからず彼女のことを気に掛けていたので、まるで存在を否定されたような、侮辱されたような気分の悪さを覚えてしまう。

左目に眼帯をしているから、急患として診てもらいに来たのだろう。医は仁術ね。さすが、うちの先生たちだわ。と、妙子は思った。

「田所さん、田所美央さあん」

さっき妙子のことを呼んだのと同じ調子で、奥さんがアイドルちゃんを呼んだ。靴に履き替えてから待合室を振り返り、「お大事に」なんて声を掛けたのは、早くもプロ意識が芽生えていたからか。アイドルちゃんは振り返り、はにかんだように笑って、ほんの少しだけ頭を下げた。

＊

「すみません。このたびはご縁がなかったということで」

小林眼科から電話がかかってきたのは、二日後の昼過ぎである。

副院長である奥さんの聞き覚えのある声が、しかし一昨日《おととい》とはうって変わって、どんよりと暗かった。まるで、恨み言をいうときの真奈美みたいだ……などと思ったのはかなり時間が経った後で、電話を受けたときは意味を呑《の》み込むことさえやっとだった。

「つまり、あの。不合格と、いうことですか」

「ええ、あの」

奥さんは、いい辛《づら》そうに口ごもり、しかし次の瞬間には声に力がもどった。

「すみません。そのとおりです」

医者というのは、どんなにいい辛い言葉でも真っすぐに伝えるものだ。夫の余命を告げた先生も、こんな感じだったっけ。どうして不合格なんですか。どこがいけなかったんですか。こちとら、心臓に毛の生えたおばちゃん一匹、訊《き》けば訊けたのである。でも、おとなしく引き下がった。この先も、どこでどういう縁やら運やらがあるか知れないのだ。人生、敵は作らないに、越したことはない。

後になり、妙子はこのときの分別を泣き寝入りだと考えるようになるのだが、実際にはそんな次元の話ではない。単に、採用面接に落ちたというだけのことである。

家の中では合格したも同然という態度でいたから、瑠希に報告しないわけにはいかなかった。こんなことは聞かされる方も困るだろうが、ほっかぶりを決め込むという選択肢はあり得ない。

予想外の報告を受け、瑠希は視線を落として、困った顔をした。まことに面目ない。

ところが、瑠希はすぐに目力のある笑顔を作った。

「おばあちゃんは、成績抜群なんだから、またすぐに別のクリニックを紹介してもらえるに決まってます。おばあちゃんは、美人で賢い。そして絶対絶対、運が良い！」

「瑠希ちゃん」

六十年も生きてきた妙子は、今回みたいなちゃぶ台返しを何度も経験してきた。その都度こうして途方にくれるのだが、瑠希が十五年ちょっとの人生の中で、その何倍もの苦労を潜り抜けてきたことを、妙子はつくづく感じた。いい年をして、こんなことでへこたれる自分を、妙子は恥じた。なにせ、高度経済成長期に生を受けた、根性の女なのだ。自分よりもっとド根性な孫娘を育て上げるためにも、弱音を吐いている暇などないのである。

＊

しかし、暇だった。

医療事務の仕事に的を絞った以上、メリル先生からの新たな連絡を待つのが筋だと考えた。ハローワークに行ったりすれば、また目移りして、これまでの失敗を繰り返すことになるのは目に見えている。

(就活って、メンタルに悪いわ)

オジンを定年退職して以来、まだたった一つの季節が過ぎただけなのに、一生分の一喜一憂を繰り返したような気がする。

（慌てるナントカ、もらいが少ない。急がば、回れ。思慮分別で泰然自若）

せっかちを戒める呪文《じゅもん》を唱えながら、散歩道を歩いていたときだ。不意に飛び掛かってくるような気配を感じた瞬間、その気配の持ち主に強く肩を叩《たた》かれた。

「花村さあん！」

気配の主は、妙子よりも低い位置から、親し気に呼び掛けてくる。医療事務講座の同胞、武田さんだ。なぜか妙子の母親世代の若いころみたいな髪型に変わっていたが、相変わらずの様子である。資格試験はかろうじて合格だったものの、まだ一件も就職口を紹介してもらえずにいるとのこと。

「だから、相変わらずハローワーク通い。花村さんの方は、どうなの？」

「わたしも、だいたいそんな感じだけど。ハローワークにはまだ行ってないわ」

「駄目よ、それじゃあ。早く行った方がいいわよ。あちらはまた新しい受講生の世話を焼かなくちゃなんないわけだし、待ってたって時間の無駄だから」

「そう――かしら」

「当たり前じゃない」

武田さんは、中年女性らしい強引さで、断言した。

「そうね。もっと積極的にならなくちゃね」

などといってみたけれど、せっかちを戒める呪文が効いているのか、武田さんの猛攻撃をかわす方便に過ぎない。そうとは知らぬ武田さんは、満足したように目を光らせた。

大好物の噂話を始める合図だ。

「知ってる？　あの田所さん、病院に勤め始めたらしいわよ」

田所さんというのは、忘れもしない田所美央。アイドルちゃんだ。

「へえ」

いつぞや、ファミレスで彼氏に向かって、そんなことをいっていた。嘘から出たまことというものか。

「でも、あの子、講座も辞めちゃったし、試験会場にも居なかったわよね？」

「医療事務って、資格がなくても働けるのよ」

武田さんがあっさりとそんなことをいうので、妙子は驚いた。そんな大事なこと最初にいってよと、メリル先生の真面目な顔を思い出して文句をいいたくなる。さりとて妙子としては、知識も技量もなしに働き出す度胸なんて持ち合わせていないから、やはり資格が取れてよかったのだと思い直す。

「でも、OJTで足りるって、よっぽど暇なところなのかしら？　それとも、事務員が大勢居て教えてくれる人がちゃんと居るとか？」

OJTなどといかにも現役のワーキングパーソンらしい言葉を使ったのは、現役のワーキングパーソンぶりたかったからである。武田さんが物問いたげな顔をしたので、嬉《うれ》しくなった。

「働きながら学ぶってことよ」

「夜間学校みたいな？」

「じゃなくて、働きながら仕事のことを学ぶの」

武田さんは、まだぽかんとしている。

「つまり、アイドルちゃんは退学したから、わたしたちが講座に通って覚えた知識がないわけでしょ。でも、就職できたということは、現場で学ぶのね、と——」

嚙《か》み砕いて説明したが、武田さんは「アイドルちゃん」という呼び名の方に反応した。

「それ、ぴったりだわ。なるほどアイドルちゃんね」

「で、その暇な病院ってどこなの？」

「ううん。忙しそうな所よ。駅前の小林眼科だもの」

その一言を聞いた後、武田さんとどんな会話を交わし、どんな風にして家まで帰ったか、まるで覚えていない。いかにも、記憶喪失になるほどショックだったのである。

足元が崩れて、どんどん落ちて行き、とうとう地球の裏側の街に出てしまった自分の姿が頭に浮かんだ。見知らぬ陽気な街で、妙子はラテン系の善男善女たちを捕まえては、腕を振りたてて力説していた。

あの嘘つき。パパ活の、着飾り屋の、週に二回の講座も投げ出すほど根性なしの小娘ごときが、わたしが不合格だったクリニックに就職してたってあり得ないでしょ。空想の善男善女は、にこにこ顔で「奥さん、落ち着いて」という意味のスペイン語をいって、妙子とタンゴを踊り出した。

空想の妙子は踊りながらも、ぶつくさいう。

（ひょっとして——、いや、そうなのよ）

妙子が面接を受けた土曜の午後、なぜか待合室には眼帯をしたアイドルちゃんが居た。その眼帯のせいで、妙子は彼女を診療時間外に訪れた急患だとばかり思っていたが。そうではなかったのだ。アイドルちゃんもまた、採用面接を受けに来ていたのである。

（院長夫婦は、わたしとアイドルちゃん、二股《ふたまた》をかけていたんだわ）

四十年以上も安泰な職場に居たせいで就活に縁がなかったとはいうものの、就職試験を複数の人間が受験することに憤るとは、妙子はよほど血迷っていたに違いない。

帰り着いた家には、もはやタンゴを踊る陽気な人たちは居なくて、栞《しおり》代わりに人差し指を挟むという読書好き特有の恰好《かっこう》で本を持った瑠希が、きょとんとこちらを見上げた。

「瑠希ちゃん……」

「どうしたんですか？」

感情のバルブが一気に緩み、妙子は全てを孫娘に聞いてもらった。

12　アルバイト

春は、あっという間に終わってしまった。去年の今ごろは、仕事が忙しくて庭の花を愛《め》でる時間もありゃしないと嘆いたのを、覚えている。しかし、いざ辞めてみたら雑草は生やし放題、ツツジやサツキの花も茶色く干からびるに任せ、アジサイが咲いていることにも今日ようやく気付いたという有様だ。

「いくら何でも、だらしないわね」

テレビを消して、草取りでもしようと腰を浮かしかけたら、スマホが鳴った。

テルちゃん。そう表示されている画面を、妙子は不思議そうに見た。

(だれだっけ)

自分で入力やら編集をしたからこそ「テルちゃん」と出ているわけだが、とんと覚えがない。物忘れをするようになったという嘆きが半分、不審者を相手にするような警戒が半分、しかしいつまでも鳴らせておくのも相手に悪いしうるさいので、耳に当ててみた。

――タエちゃん、おはよー!

中年男の声で、テルちゃんとやらはいった。弾《はじ》けるようなハイテンションである。

「なあんだ、テルちゃんじゃない」

思わず、妙子も能天気に返す。従弟《いとこ》の照彦《てるひこ》だ。夫婦で駅前に惣菜《そうざい》の店を出している。たまに外食するほかは自炊という習慣の妙子にとって、惣菜屋には縁がない。加えて、テルちゃんがあまりにも騒がしい男なので、申し訳ないが敬遠していた。それが積もり積もって、名前を忘れるほどご無沙汰《ぶさた》してしまっていたのである。何やら悪いことをしたわねえと思う妙子の耳に、テルちゃんの「きゃははは」という笑いが響いた。

――タエちゃん、失業したんだってね！

十歳年下の従弟は、それでももう五十歳になるくせして、大人らしい遠慮も気遣いもないことをいった。テルちゃんに関して、忘れていた記憶がドッと蘇《よみがえ》る。ここでもし「失業ではなく、定年退職だ」なんていおうものなら「タエちゃんって、もうそんなバアさんなのか」とか何とか、子どもっぽく混ぜっ返してくるのだ。

ともあれ、テルちゃんは妙子に反論の隙も与えずに、一方的にしゃべり出した。

――ちょっとさー、うちの手伝いをしてくれよー。レジの疋田《ひきた》さんが辞めちゃってさー。知ってる？　疋田さん。

「知らないわよ」

思春期の少女みたいにぶっきらぼうにいったのは、テルちゃんのテンションの高さへの反動だ。こっちはテルちゃん自身のことも忘れていたくらいなんだから、テルちゃんに関わる人間など覚えているはずもない。

——ほら、あの疋田工務店の奥さんなんだよ。実はあそこ、ずっと前から左前でさ。奥さんがずっとうちで働いていたわけ。でも、とうとう、夜逃げしちゃったんだよねー。

テルちゃんは、ここで無情にも爆笑する。

——それでね、うちのレジ係が居なくなっちゃったってわけなんだよー。いや、もう、めちゃくちゃ忙しくてさー。千手観音になりそうなんだよねー。

「そのレジ係を、わたしにしろと?」

——やだなー。タエちゃに向かって、おれなんかがそんな命令みたいなことといえるわけないじゃなーい。「レジ係しろ」じゃなくて「レジ係して」だよ「して」。ね、どう? うちのレジ係してくれない?

「それって、アルバイトってこと?」

——うん、アルバイト。給料はもちろん払うよ。ちゃんと、払いますからねー。

「アルバイトか……」

気が進まないような声で、「いいわよ」と答えた。何しろ働いていないと落ち着かない性分なので、実は嬉しかったのである。

＊

翌日には、「キッチン・テルちゃん」に出勤した。

いざ働くと決めたら、十年もサービス業に就いていたみたいな感じ良さを装った。やっぱり亀の甲より年の劫《こう》だと内心で自画自賛したが、あまねく世の若人たちが、こうしたシーンで感じ良い笑顔でいるのをすぐに思い出す。

(負けるもんか。亀の甲より年の劫なんですから)

テルちゃんの連れ合いである早智子《さちこ》さんに、レジの打ち方を教えてもらった。早智子さんは、夫があんまりうるさいヤツなので、どちらかといえば大人しい。テルちゃんと二人で調理担当なのだが、疋田さんが退職してからは接客もして、目が回る忙しさだったという。妙子が来てくれて助かったと、実感を込めていった。

「ごめんなさいね、妙子さん。正社員の働き口を探しているんでしょう？」

「うん、まあ、そうだけど」

どうしてそれを知っているのか？　そんな問いが笑顔の下からもはっきり見えたらしく、早智子さんはいかにも羨《うらや》ましいという口調になる。

「真奈美ちゃんから聞いたのよ。うちは子どもが居ないから、あんな風に親を心配してくれる娘さんを持って、妙子さんが羨ましいわ」

「あんな、風……？」

　真奈美は、母親の就活の一切合切を、知る限りこの夫婦に教えたらしい。妙子すら忘れていた従弟夫婦と、真奈美が交流していたという事実だけでも驚きなのに。

「いやー、真奈美ちゃん、あっちこっちに教えてるらしいよー」

「な、なによ、それ。よくも、親の恥をペラペラと――」

「恥じゃないわよ――」

　いいかけた妻の口を、テルちゃんが能天気に遮った。

「いやいや、真奈美ちゃんの用件ってのはさー、タエちゃんのことより娘さんのことだったんだよー。瑠希ちゃんが、あんたのところに逃げて行ったから、取り戻すのに知恵を貸してくれって、泣きそうな電話が来たわけさ――」

「ちょっと、あなた、しーっ！」

　テルちゃんは、奥さんに肘鉄《ひじてつ》を食らって慌てて口を押えた。「しまった」という顔になるが、もう遅い。

「ははーん、そういうこと」

　妙子は傲然《ごうぜん》と肩をそびやかした。

「そんなに気にしているなら、直接わたしにいいに来たらいいじゃないの」

　テルちゃん夫婦は困ったような笑いを浮かべて、こちらを見ている。その気遣わしげな様子を睨《にら》みながら、妙子は「でも」と思う。

瑠希のことは、ずっと自分が親代わりとして育てるつもりだ。高校も、当人の希望どおりに東雲を中退させて、来春あらためてこちらの高校を受験させる。しかし、まだそれを瑠希に向かって、はっきりと告げたわけではないのだ。進路について真面目に向き合った途端、すぐにも遠い外国に行きたいなんていい出したら——。そんな想像をしてしまい、二の足を踏んでいる。

(そんなわけないわよ。あの子だって、きちんと勉強したがってるんだもの)

でも、それは遠い危険な国に人助けに行くための勉強。心ならずも胸が騒いだ。真奈美をわからず屋にさせた胸騒ぎが、妙子の中にもしっかりと巣くっているのだ。

妙子が内省に沈む間に、テルちゃん夫婦の会話は別のことに移っている。

「それにしてもさー。タエちゃんのこと不合格にした病院ってどこなんだよー」

「この近くの、小林眼科クリニック」

思わずぶっきらぼうにいうと、早智子さんが意味ありげな目付きをした。

「あら、あそこだったの?」

「何かあるの?」

「院長が女好きだって、もっぱらの噂だぜー」

テルちゃんが、商売人らしからぬ無責任な口調でいった。早智子さんが「テルちゃん、やめなさいよ」と、笑っている。

「商店会じゃあねー、あそこのスタッフ、若くて美人ぞろいだってもっぱらの噂だもん」

「ふうん。わたしは、若くて美人じゃないから不合格だったのね」

そして、若くて可愛いアイドルちゃんが採用になったのだ。妙子はそっぽを向いて、ふて腐れた。テルちゃん夫婦は、苦笑したり慌てたりする。

「そりゃあ、タエちゃんは若くはないけどもさー」

「妙子さんは、美人ですよ。今でも、充分に美人です。テルちゃんの初恋の人ですもの」

「こら、なんちゅーことというかな」

テルちゃんが慌てるのを見たら、ようやく機嫌が直った。美人といわれるのは、まんざらではない。還暦だろうが喜寿だろうが、女心は不滅なのだ。

テルちゃん夫婦といっしょに働くのは、実に楽しかった。オジンで経理係長をしていたころよりも気楽だし、なかなか働き甲斐《がい》もある。駅前の一等地で一国一城の主《あるじ》として店を構えるテルちゃんは、相変わらず喧《やかま》しいオヤジではあるものの、大したものだと思った。これまで、自営業という働き方が視野になかった妙子は、改めて感心する。

「テルちゃんは、ああ見えて集団生活に向いてないのよ。若いころは会社勤めもしたんだけど、どうしても合わなかったみたい」

テルちゃんが商店会の会議に出たとき、早智子さんがそんなことをいった。

「ふむ」

そういえば、テルちゃんの両親が妙子の実家で愚痴をこぼしていたのを覚えている。うちの照彦はさー、どこに勤めても長く続かなくて、困ったもんだよー。それに比べて、おたくのタエちゃんは、偉いよねー。親孝行だよねー。

テルちゃんの父親は、テルちゃんそっくりな話し方だったことまで思い出して、思わずニヤニヤした。それにしても、叔父《おじ》さんの言葉どおり、自分はテルちゃんに比べて「偉くて親孝行」だと思っていた。つまらない物差しで、つまらない勘違いをしていたものだ。さりとて、今さら真正直に「あんたのことをはみ出し者だと思っていたけど、本当は大したヤツだったのね」などというのも、感じが悪かろう。

それでお詫《わ》びのつもりで、毎晩のおかずをここで買った。でも、社員割引にしてもらえたし、帰りがけの割引タイムに買うものだから、テルちゃんたちにはあまり得にもならなかった。テルちゃん夫婦の作る惣菜《そうざい》は、悔しいが妙子の手料理より格段に美味《おい》しくて、瑠希も喜んで食べている。

「おねえさん、ずっとここに居なさいよ」

お客が、妙子に向かってそういった。店主の従姉《いとこ》なので、「おねえさん」というわけである。常連たちのほとんどは、妙子が店主の従姉であること、就活中であることを知っていた。テルちゃんが、ぺらぺらしゃべるのである。最初のうちこそ怒ったり、口止めしたりしていたが、すぐに馴《な》れた。馴れてしまえば、大勢の応援団を得たような気が、しないでもない。

キッチン・テルちゃんの自動扉には、今でも「スタッフ募集」の紙が貼ってある。実はテルちゃんの手書き文字が下手くそ過ぎるので、妙子と瑠希が自宅のパソコンでこしらえたものだ。瑠希がインターネットでフリー素材のイラストを拾ってきて、なかなか見栄えのするものになった。

お客が妙子に向かって「ずっとここに居なさい」と勧めるのは、この傑作貼り紙を見てのことである。妙子は正社員志望なので、ここはただの手伝いだというのも、皆が知っているのだ。

「今の時代は、正社員になるなんて、夢みたいなものなんだから」

そういった主婦は、自分の息子も契約社員だといった。最初のうちは、かつてテルちゃんに対して持っていた価値観で、同情したり発破をかけたりしていた妙子だが、そのうちに、自分の意識が揺らぎだすのを感じる。

（わたしの方が、石頭の昔人間なのかしら）

瑠希から急を告げる電話が来たのは、そんなときのことである。

13 愁嘆場

エプロンのポケットに入れているスマホが鳴った。

勤務中はマナーモードか電源を切るというのが妙子のポリシーなのだが、孫を預かっている以上は祖母業もなおざりにはできない。人の好《よ》いテルちゃん夫婦は「それが当然」といって許してくれている。

で、そのスマホが鳴った。

画面の中に、瑠希の名が大きく表示されている。血はつながっていないのに、瑠希もまた祖母と同様に物堅い性格である。春に家出をして来て依頼、妙子のスマホを鳴らすのは実にこれが最初であった。

――おばあちゃん、大変なの！　すぐに来て！

電話がつながった途端、瑠希はいつもの敬語も忘れて、早口で訴えた。

ただ事ではない。胸の中で心臓が大きく跳ねて、ほんの一瞬でいやな感じの汗がにじんだ。事故？　病気？　犯罪？　悪い想像が言葉より早く立ち上がる。妙子が慌てているうちに、瑠希は幾分か冷静さを取り戻して続けた。

——今、小林眼科に居るんだけど、大変なんです。すぐに来られますか？

「わかった。すぐに行くわ。瑠希ちゃんも落ちついてね」

気配を感じてテルちゃんと早智子さんが、緊張した顔色で「行ってやれ」とうなずいている。「何があったの？」と早智子さんに聞かれたときには、妙子は店のロゴが入ったエプロンをしたまま、すでに目的地に向かって駆けていた。

＊

待合室には、十人あまりの患者が居た。そのうちの一人が、瑠希だった。残りの大方は高齢者で、足元もおぼつかない風情である。瑠希の次に若くて機敏に動けそうなのは、眼鏡を作るためのサイバーパンクな感じの医療用メガネを装着した女性と、受付事務員らしい制服を着た清潔感のある美人だけである。

いずれも、部屋の隅っこに避難して、金縛りにあったように身をこわばらせていた。面接に来たときとは打って変わって、待合室には異様な緊張が満ちている。

「おばあちゃん！」

瑠希が声を殺して妙子を呼んだのとほぼ同時に、診察室と思《おぼ》しき方から破壊音と怒号が聞こえた。小柄な老婦人が、か細い悲鳴を上げてうずくまる。受付事務の女性が、かばうようにその背に手を当てた。

何があったの？

と、目顔で訊《き》いた。声に出さないその問いは、瑠希以外の全員にも伝わり、皆が声を殺して「ハイジャックよ！」とか「強盗よ！」とかいった。どうやら、こうして駆け付けた妙子を、警察官や警備会社の人と思い違いしたらしい。——そうした人たちは普通、惣菜屋のエプロンなどしていないと思うが。

「アイドルちゃんの、彼氏が来たんです」

瑠希が、からっぽになった受付カウンターの方を目を示しながら、早口で説明した。いつぞや、ファミレスで見たあの彼氏だという。小林院長をパパ活の相手と決め込んで、診察室に院長を人質にして立てこもっている。

（え……なんで？）

彼氏は、アイドルちゃんと院長の不倫関係の動かぬ証拠を押え、アイドルちゃんの浮気を詰《なじ》ったうえで自分との関係修復を図るつもりだった。

ところが、アイドルちゃんは、彼氏の姿を一目見た瞬間に全てを察した。まるで樹上に暮らす小動物を思わせるような素早さで、さっさと外に逃げてしまったのである。

「あの逃げ方は、そんな可愛いもんじゃないよ。ゴキブリの逃げ方にそっくりだったよ」

小柄な老紳士が、憎々し気にいった。

ともあれ、目当てのアイドルちゃんに逃げられて、彼氏はますます血迷ってしまった。

「彼女、ここの先生は女医さんだって嘘をついてたらしい」

最前の老人は、いよいよ憤る。

「なるほど。なるほど」

妙子は、ゆっくりと頼もし気に二度頷《うなず》いた。すると一同から信頼を込めた目で見つめられてしまう。いや、わたしは単に、この子の祖母に過ぎません。とも、いまさらいい出せなくなった。そもそも、瑠希だって単に助けを呼びたかっただけではないようだし。

「ていうか」

妙子は、フル回転する脳みそを助けようと、自分の額に手を当てた。

「瑠希ちゃん、あんた、どうしてここに居るのよ」

「ええと」

瑠希は気まずそうに、視線を泳がせた。

「目がチクチクして――」

朝から、なんとなく目の調子がよくない。読書のしすぎなのだが、それがただの口実だというのが、妙子にはわかった。

「あんた、アイドルちゃんのことを偵察に来たのね」

妙子が面接で不合格となったのは、アイドルちゃんが悪いわけではない。妙子も瑠希も、そのことは重々承知している。でも、釈然としないのだ。アイドルちゃんのせいで妙子が悔しい思いをした。瑠希は、そのことを恨まずにはいられなかったのである。せめて、その敵がどんな風にして働いているのか、見定めようとした。そのせいで、当のアイドルちゃんをめぐる大騒ぎに巻き込まれてしまったというわけだ。

「ええと」

妙子は患者たちを見渡す。

「皆さんは人質にされているわけではないので、ひとまず避難されたら？」

当事者のアイドルちゃんなんか、真っ先に逃げたのである。この人たちも、怯《おび》えていないで早く逃げるべきだ。

「でも」

「だって」

院長たちを見捨てて逃げるのは、気がひける。などと皆がいい出すので、妙子は呆《あき》れた。もしや、警察への連絡もまだなのでは？　そう訊こうとしたときである。カーテンの奥の診察室から、ドンガラガッシャンと一層ひどい騒音がした。妙子は面接のときに診察室を見おぼえていたから、書籍や模型などを置いたあのスチールラックが倒れたのだと——いや、倒されたのだとすぐに察しがついた。

などと思う間もあらばこそ、彼氏の絶叫が続く。

「もうどうだっていい！」

瞬間、妙子は顔をしかめた。「もうどうでもいい」というのは、甘えん坊の常套句《じょうとうく》である。スーパーやコンビニの通路に寝転がってギャン泣きする幼児と同等、我が意を貫くための最終兵器的な決めゼリフだ。こんなにも尊いぼくちゃんのいうこと聞いてくれないなら、どうなっても知らないぞ——という意味を込めて、甘えん坊はこのセリフをいう。堪《こら》え性がないから、いともたやすくいう。

（あー、やなこと思い出しちゃった）

妙子が高校時代に付き合っていた男子が、そういうタイプだった。容姿が良い、頭が良い、実は人柄だって悪くなかった。だけど致命的なまでに、甘えん坊だったのだ。

若かりし妙子は、二ヵ月足らずの交際期間のうちに、体内に甘えん坊抗体というものが形成されてしまった。すなわち、薹《とう》の立った甘えん坊の甘ったれ発言を聞くと、耳から血が流れるほど説教してやらねば気が済まなくなるのである。

「この医者殺して、おれも死んでやる！」

という裏返った絶叫が響き渡ったとき、妙子はすっくと立ちあがった。

大股《おおまた》に歩き、待合室と修羅場を隔てるカーテンを音を立てて引いた。まるで、荒事を演じる歌舞伎役者が見得を切るような、ハリウッドのアクションスターが乗り出して来たみたいな、実に猛々《たけだけ》しい気配が妙子の全身から立ち上っていた。

診察室から彼氏の裏返った叫び声と、彼を落ち着かせようとする院長の力ない声が漏れてくる。すぐ隣の第二診察室のドアの前で、奥さんである副院長が怯えた顔で立ちすくんでいる。そして、後ろから妙子を心配してか野次馬なのか、瑠希を含めた待合室の面々がにじり寄ってくる気配を感じた。

診察室のドアをひねってみた。ガツンという抵抗があって、ノブは動かない。彼氏はいっぱしの籠城《ろうじよう》犯みたいに、ドアを施錠しているようだ。

(ふん。ちょこざいな)

妙子は顔をしかめた。彼氏の方は、渾身《こんしん》のはったりに対する周囲の反応に満足しなかったらしく、ふたたび叫び出す。

「死んでやるー、後から謝ったって無駄だからなー!」

待合室連の中から「謝るのは、おまえだろう」というつぶやきが聞こえる。あの勝気な老紳士だ。まったく同感である。

「謝るのは、あなたですよ」

妙子は、閉ざされている診察室のドアに向かい、低いがよく響く声で、はっきりとそういった。通路の前方で奥さんが、後ろでは待合室連が、そしてドアの中で彼氏と院長が驚いて沈黙する。だが、それもほんの束の間のことだ。

自分への敬意を感じられない声に、彼氏は憤慨して「ぐぎゃー」というような声を上げた。発すべき言葉が見つからないまま、感情が声になって込み上げてきたようだ。やはり幼児の癇癪《かんしゃく》と同じだと、妙子は思った。

「確かに、あなたの彼女はパパ活していました」

妙子は、落ち着いた声でそう告げる。奥さんも待合室連も息をのんだ。おそらく、診察室の中の院長も同じだろう。彼氏もまた声のトーンが下がる。

「だ——だれだ、おまえ——」

「通りすがりの者です」

妙子は古いテレビドラマみたいなセリフをいった。彼氏は「はあ？」「意味わかんね」などとつぶやいている。

「あなたの彼女のパパは、小林先生ではありません。もっと、かっこ悪いおじさんです。だから、先生を放しなさい！」

語尾に力を込めた。これが反撥《はんぱつ》を買うか、あるいは臆《おく》して大人しくなるか。彼氏の声から凶暴さが消え始める。

「どうして、そんなことを知ってるんだ？」

「通りすがったのよ。あなた方がファミレスで喧嘩《けんか》しているときも、通りすがったわ」

「ババア、おれのストーカーかよ！」

ババアなんぞというのは、こちらの声から判断してのことか。ともあれ、ババア呼ばわりはカチンとくる。二階の女性トイレで、総務かしまし娘たちに「オババ」呼ばわりされたときのあの屈辱を思い出した。それで、妙子の中から作戦とか冷静さというのが、パーッと消えてしまった。

「だーれが、あんたなんか」

妙子は嘲《あざけ》りもあらわに哄笑《こうしょう》する。

「嘘つき女に騙《だま》されて、それでもみじめにすがり付いてるようなヤツにストーカーするもの好きなんて、居るわけないでしょ。思い上がりなさんなっての！」

「なんだと――」

「あんたがここで死んでも、彼女は絶対に泣かないわね。いやあ、いまごろは別のだれかと一緒かもね。職場に変なヤツが押し掛けて来て、マジ勘弁して欲しい――とかいってんじゃない？」

妙子は「きゃーはははは」と笑った。悠然と登場したくせに、軽薄な小悪党みたいな調子になっている。

その笑いが中断されたのは、閉ざされていた診察室のドアが、内側から乱暴に蹴《け》り開けられたからだ。いつぞやファミレスで見た、育ちの良さそうな青年が、しかし逆上したせいで妖怪《ようかい》か悪魔みたいな面相になり、妙子に飛び掛かってくる。

視界の端で鋭く光る何かが、勢いよく振り上げられた。

小学生でも持っているようなごく小さなものだが、カッターナイフだ。

「…………！」

妙子は息を呑《の》んだ。心理的な目測を誤ったことを、一瞬で悟り、後悔した。この男に殺されたら、明日《あした》の朝刊の一面に載ってしまうだろうなと思った。総務かしまし娘たちは、泣いてくれるだろうか、それともやっぱり笑いものにするのかな。合田課長と潮美は、慌てるだろう。葬式で、合田はまたトンチンカンなことをいって、真奈美にショックを与えないだろうか。そうだ、真奈美だ。こんな仲たがいみたいな状態で永の別れとなろうとは、思いもしなかった。これで反省して、瑠希の気持を尊重してくれればいいのだが。しかし、あの子のことだから変な屁理屈《へりくつ》をこしらえて、「だから、わたしのいうとおりにすれば良かったのよ」なんて無神経なことをいって、瑠希を苦手な学校に無理やり押し込もうとするのではないか——。

死ぬ瞬間はこれまでの人生の走馬灯が見えるとはよく聞く話だが、それとは少し違うものの、さまざまな思い、さまざまな人の顔が脳裡《のうり》を駆け巡った。亡くなった夫が、なぜだか腹を抱えて笑っている。

（ちょっと、妻のわたしが悪漢に殺されるってときに、何を笑っているのよ）

つい憤慨した瞬間である。

ほんの鼻先で、彼氏の顔が垂直移動した。まるで穴にでも吸い込まれるみたいにがくんと位置が下がり、次の瞬間には音を立てて床に倒れる。

「え？」

クリーム色のリノリウムの床に、彼氏は伸びていた。すぐ傍らには、コサックダンスみたいに片足を伸ばした瑠希が、しゃがみこんでいる。瑠希が足払いを掛けて、彼氏を転ばしたのだ。

そう了解したとき、憤怒の塊と化した彼氏が「てめえ」とか「ぶっ殺す」とか悪い言葉を呻《うめ》きながら立ち上がりかけた。

逃げなければ。瑠希を助けなければ。そう思った妙子の顔を、彼氏がジロリと睨《にら》んだ。

手には、まだあのカッターナイフを握っている。そして、妙子は——ぎっくり腰になっている。

もはや、これまで、と覚悟した。思わず、両目を固く閉じてしまった。小さな手が、動けない妙子を引っ張る。瑠希だ。

そして、わらわらと大勢の人間が動く気配がした。待合室連がようやく外に避難してくれた。わたしは駄目でも、あの人たちだけでも助かってほしい。いやいや、逃げるならうちの可愛い瑠希ちゃんも連れて行きなさいよ。

「ちょっと、皆さん、うちの瑠希を——」

大声を上げて目を見開いたとき、逃げたはずの待合室連が、目の前に折り重なって横になっていた。人の上に人、その上にまた人。

転んだ彼氏を、皆が体を張って押え込んでいるのである。

一番下で皆の体重を全身に受け、彼氏は「やめろ」とか「助けて」とか「あんまりだ」とか、悲しそうに文句をいいはじめる。それでも、逃げ出そうともがいているのだが、その力も弱くなり、顔を伏せて大人しくなった。

「ちょっと——。重すぎて、死んじゃったんじゃないの？」

「いい気味だ。次は真人間になって生まれ変わるんだな」

老いた男女がそんなことをいっていると、ぐったりした彼氏の口から細い声が漏れ始めた。嗚咽《おえつ》である。

「美央――ごめん――助けて――美央――美央ぉー」

　ぎっくり腰の妙子は、苦心して彼氏の顔の近くに座り込む。瑠希もまたそれに倣い、妙子にぴったりとくっ付いてしゃがんだ。

「彼女のこと、そんなに好きだったんだ？」

　泣き声があまりに憐《あわ》れだったので、妙子は同情を込めて訊《き》いた。彼氏はもはや答える言葉を失くして、「うう、うう」とひっくり返った声で泣いている。

「つらいね」

　彼氏は、泣き声を上げながら何度もうなずいた。

「つらいことは、いろいろあります」

　瑠希が、言葉を継いだ。少し怒っているような気配が伝わってくる。

「わたしなんか、実の両親が死んじゃいましたから」

「…………」

　彼氏の泣き声がやんだ。

「四歳のときです」

　彼氏は顔をもたげて、瑠希を見る。瑠希が笑いかけると、彼氏の見開いた両目から、ぼたぼたと涙がこぼれた。

「祖母に引き取られたんだけど――ばあばがすぐに死んじゃって。それからは親戚《しんせき》をたらい回しにされて。そのときは大変でしたけど、すぐに施設に預けられました」

「施設も――つらかったのか？」

彼氏は涙のせいでダミ声になっていて、それでも同情を込めた調子で訊いてくる。

「施設は、楽しかったですよ。友だちもたくさんできたし。先生たちも、優しかったし」

「可哀そうにな――」

「そんなことない。両親が居なくなったことと、たらい回しは、つらかったけど――」

それを聞いて、彼氏はまた泣き出した。さっきとは違う、「おん、おん」という、犬の遠吠《とおぼ》えを思わせる声を上げ始める。彼氏の上で積み重なる待合室連のうち、高齢の人たちがもらい泣きを始めた。年若の二人は、顔をもたげて、優しく瑠希を見つめている。

一同、変な恰好《かっこう》だけに、実に奇妙なありさまではあった。

「新しいおとうさんとおかあさんが、わたしを養子にしてくれたんです。今はちょっとあって――おばあちゃんと二人で暮らしてるんです」

瑠希がこちらを見てニコッとしたので、妙子も笑い返した。身じろぎしたら、ぎっくり腰に響いて、途中から変な笑顔になった。

「また、たらい回しにされてるってことなのか？」

彼氏の顔から、また柔和さが消える。瑠希は慌てて、顔の下で両手を振った。

「おばあちゃんに会いたくて、自分で来たんです」

それから、両手で自分の頬を覆った。

「こういうの、初めてなんですよ。大人の人に甘えたの、初めてなんですよ」

「…………」

彼氏はまた頬と下唇がだらしなく緩み、目からはとめどなく涙がこぼれた。

「これからは、おにいさんみたいに恋もできちゃうんだなって思うと、楽しみです。だから、おにいさんも頑張りましょう」

ああ、たまらない。彼氏の嗚咽は再開する。けなげ一代女の瑠希の告白は、甘ったれた彼氏の気持を短い間にみごと変化させた。待合室連が彼の背中から下りるころには、すっかり真人間にもどっていたのである。

ぎっくり腰の妙子は、彼氏におぶってもらってタクシーに乗った。すっかり忘れていたテルちゃんからは、心配そうな声で留守電が入っていた。

……そこで、わたしはカッと目を見開いて、こういってやったのよ。「あやまるのは、てめえのほうだ」そしたら、犯人はわたしの声に胆をつぶして――。

講談みたいな調子で、嘘八百の武勇伝を電話でテルちゃんに教えてあげた。かたわらで、瑠希はけらけらと笑っている。

14 哀愁の大団円

キッチン・テルちゃんに新しいアルバイトが採用されて、妙子はまた自宅での生活にもどった。

庭の草取りも、料理本を読むのも飽きてしまった。テルちゃん夫婦と冗談をいい合いながら店に立っていたのが、遥《はる》か竜宮城での出来事に思える。常連たちにいわれたとおり、あそこで働いていた方が良かったという思いが、日に日に募った。

「ねえ、瑠希ちゃん。わたし、この年で正社員になりたいって思うのは、贅沢《ぜいたく》なのかしら?」

そもそも、妙子の目標は何なのか。働き甲斐《がい》のある職場で働くこと? 正社員として働くこと? いやいや、もう四十年以上も働いてきたのに、これ以上働くことに意味があるの? 人生には、働くよりほかにもするべきことはないのかしら?

春以来、ずいぶん同じような問いを繰り返している。すなわち、これは定年退職した者にとっての、永遠のテーマなのかもしれない。

「おばあちゃんの判断で、いいと思います」

瑠希は読んでいた本から顔を上げた。夫の書架に並んでいる『失われた時を求めて』の第四巻だ。妙子は触ったこともないが、夫が「これだけは、迂闊《うかつ》に手を付けたらいけない。読破する前に、寿命が尽きるかもしれないから」などといっていた。だったら、よほど恐ろしい本なのだろう。夫は生きているうちに、読み切ることが出来たのだろうか。

「周りの人からいろいろいわれたって、おばあちゃん本人が納得できなかったら、それは正解ではないと思います」

「でもね、テルちゃんのところで働くのは、最初は気が乗らなかったのよ。でも、今になってみれば、ずっとあそこでアルバイトを続けるのもよかったかなあって思うの。テルちゃんやお客さんたちの話を聞いて、正社員じゃなくても満足するべきだったと思うの」

「うーん」

瑠希の中には、いろんな答えがあるようだった。いろんな答えは、いずれも正解なのかもしれない。

「本を読んでいたのに、ごめんなさいね」

妙子は慌てていった。

「ところで、その本って、怖いの？」

「え？　全然怖くないですよ」

を膨らませる。

人生のことがいろいろ書いてあるんだけど——といって、瑠希はふざけた感じで、頬を膨らませる。

「だけど、プルーストってずるいです。『失われた時を求めて』なんて、どんな本のタイトルだとしても、ぴったりじゃないですか」

「そう？　そうなの？」

夫のいう禁断の書物は、孫娘にはずるい本に思えるのか。ますますどんな本なのかわからなくなる。

「たとえば、おばあちゃんがこれから自分史を書いたとしますよね」

「書かないわよ、そんな」

妙子は、人生を綴《つづ》る偉人のようなことをしている自分を想像して、ひどく照れた。

「もしも、仮に、ですよ。その自分史に『失われた時を求めて』って題をつけたら、すごくしっくりくると思いませんか？」

「うん——。くるわね。誰であれ人生を振り返るとき、その言葉はマスターキーみたいに、ぴったりと当てはまるわ」

改めて考えてみると、もしも仮に自分の人生を書いてみるとしたら、それもまた意味深いことのような気がする。夫にもっと寿命があったら、実行していたかもしれない。

そこには、家族のことも当然ながら出てくるだろう。

（わたしも登場するなんて、ちょっとしたものね）

そのとき玄関の呼び鈴が鳴らなければ、妙子は自分史を書くなんていい出したかもしれない。

＊

玄関の古い引き戸の向こうに、合田課長が居た。

相変わらず背高で姿勢が良くて、公明正大にして品行方正な顔をしていた。でも、白髪が増えていて驚いた。ビジネスマンらしい、打てば響くような気配も鳴りを潜めている。

「あら、いらっしゃい。珍しいわね。どうしたの？」

意外そうな声を作りながらも、妙子はわれながらちょっとわざとらしいかなと思った。酔っぱらった合田がここに来て醜態を演じたのは、そんなに前のことではない。さりとて、お詫《わ》びに来るなら、もっと早くするべきだったろう。

仏間を兼ねた客間に通された合田は、律儀に仏壇に線香をあげた。かつてこの男から、死ぬ前にお悔やみをいわれてしまった夫は、小さな写真立ての中で寛容にほほ笑んでいる。あの軽挙により、合田はとんだ罰が当たってしまったわけだ。口は禍《わざわい》のもとよねえ、あなた。夫は妙子の密《ひそ》かな囁《ささや》きにも、やっぱりご機嫌に笑っている。

「会社、辞めたんだ」

テーブルに向かって座り直すなり、合田はそんなことをいった。ちょうど麦茶を運んで来た瑠希が、その言葉を聞いて動作を止めた。瑠希と合田の視線が一直線に結ばれてしまい、お互いにそっくりな引きつり笑いをして、曖昧《あいまい》に頭など下げ合っている。

「先だっては、お孫さんにも迷惑をかけてしまいまして――」

合田が気まずそうなので、妙子は助け船を出してやることにする。「そうよ」といって瑠希を見やり「ねえ」といった。瑠希は、やはり根性の据わり方がどこか違っていて、

「まあ、そうでしたね」なんていって「キャハッ」と笑った。常ならば、しゃべるときは笑い声を交ぜない子だから、瑠希にしたら破格の愛嬌《あいきょう》である。

「なんだか、さっぱりした顔をしてるわよ、課長」

「課長はやめてよ。今はただのおじさんなんだから」

合田はウソ泣きの素振りをしてみせてから、改めてにんまりとほほ笑んで見せる。

「趣味のサークルに入ったんだ」

「趣味？」

「シギン。前から、ずっと興味があって、やってみたかったんだ。でも、ぼくって不器用なタチで、仕事と趣味を両立させるって、どうもうまくできなくて」

「それって、なに？」

「シギン、知らないの？」

「知らない」

こぎん刺しみたいなものだろうかと思ったから、合田は不意に背筋を伸ばして大声で唸《うな》り始めた。

「ベンセイーシュクシュクーヨルーカワヲーワタルーウ！」

「え？」

この男、またどこか変調をきたしたのかと身構えると、瑠希はにこにこして「カワナカジマですね」といった。それでも変な顔をしていたら、合田はいかにも慈悲深い微笑を浮かべた。

「きみは、頭の回転が速いくせに、物知らずだよな」

「悪かったわね」

「これは、川中島《かわなかじま》の合戦の、実にドラマチックな場面を謡っているんだ。上杉謙信《うえすぎけんしん》がね、武田《たけだ》軍に気付かれないように、しん……と静まり返った真夜中に、河を渡って進軍する。霧が出て、押し殺した馬の息と兵士たちの殺気が――」

「ふむ」

妙子とて戦国武将の武田信玄《しんげん》を知らないではないが、武田と聞いて頭に浮かぶのは、なんといっても医療事務の講座でいっしょに勉強したあの武田さんのことだ。もこもことパーマを掛けた昔風の髪型の、小柄で小太りの中年女性たち――武田さんとそのクローンたちが、甲冑《かっちゅう》を着て「ワイワイ」と河を渡る様子が頭に浮かんだ。ああ、こりゃおかしい。

妙子がくすくす笑っていると、合田は気を悪くしたように咳払《せきばら》いをした。

「ケーブルテレビのローカル番組に出演するんだよ」

「うち、ケーブルテレビの契約してないわ」

「じゃあ、今度、録画したDVDを持って来てあげる」

「あら、そう。楽しみね」

そういうと、合田の顔色にかすかな不連続さを見てとった。意気揚々とした表情が、ふっと放心してから、苦笑に似た笑いを浮かべる。

「ごめんね——ごめん」

なぜか謝り、合田は話題を変えた。家族の近況や、無職という身分との付き合い方などを楽しそうにしゃべり、麦茶をお代わりして、トイレを借りてから帰って行った。

妙子は、このお騒がせの元上司を送り出した後、ふっと息をつく。

「課長、もう大丈夫だわね」

会社に居たときも、穏やかな人物だったが、それでもどこかで無理をしていたと思う。今日の合田は、「完成形」の顔、素振り、姿をしていた。労働という修業を終えて、合田は何とか卒業できたのだろう。

「わたしも、そう思いました。DVDを持って来るっていった後——」

「え？」

「合田さん、ちょっと顔が変わったでしょ」

「ああ、あんたも気付いたのね」

「あの瞬間、ヤバイって、顔に書いてありました」

「ヤバイ？」

「親切の押し付けは、ヤバイ、の『ヤバイ』です。合田さんが、病気のおじいちゃんや常務さんにお悔やみみたいなことといっちゃったのも、共感を度外視した無理な親切心のせいでしょ？　会話は、心と心の交感ですからね。相手の気持を考えないで、自分はこんなにあなたを思い遣《や》ってますよーと頑張っても、空回りしちゃいますから」

「わたし、そんなに合田の趣味に興味なさそうな顔してた？」

「うん」

瑠希は、けろりとした顔色でうなずく。

「あの瞬間、合田さんは全部、今までのぜーんぶのことを、学んだのかもって思いました」

「へえ」

わが孫娘ながら、大した洞察力である。あんたって、エライわというと、瑠希は謙遜《けんそん》などせず「照れます」といった。本当に照れたらしく、顔を伏せるようにして台所に行ってしまう。

（なるほど、確かに合田は少なくとも一つの及第点をもらって、卒業できたわけだ）

自分がまだ働きたいと思うのは、卒業できそうもないからなのだろうか。以前は、職業を持ち続けたいのは、社会と関わっていたいからだと思っていた。しかし、リタイアしたって社会と縁が切れるわけではない。まだ働きたいというのは、自分自身の問題だ。

その問題が、お金だったり、気持だったり、また別のことだったりするわけだ。合田の異動から捻挫《ねんざ》で入院するまでの波乱は、確かに失言のしっぺ返しなのかもしれないけど、ひょっとしたら神さまからの荒っぽい合図だったともいえるのではないか。

おまえはもう卒業の時期が来た。とっとと辞めないと、アラートを出し続けるぞ。

（ひえ〜、くわばら、くわばら）

瑠希が、二人分のかき氷を作っている。氷を削る音が、涼しい。

（この子は——）

瑠希は、これから先、妙子たちが踏み越えた艱難《かんなん》辛苦も、良かったことも、全て体験するのだ。この細い手足で。まだ傷もかさぶたも出来ていない無垢《むく》な心で。そう思うと、羨《うらや》ましいような、痛ましいような思いがこみ上げてきて、目が潤んだ。

「どうしたんですか？」

ガラスの器にきれいに盛ったかき氷を、差し出してくる。妙子はごまかすように、目を泳がせながら、話題を探した。

「ええと。そう、ええと。真奈美は、このところ電話をよこさないわよねえ」

そう思った瞬間に電話が鳴った。

「あーら、いやだ。きっと、真奈美よ。なんだか、聞いていたみたいじゃないの」

瑠希と笑い合いながら受話器を耳に当てると、相手は真奈美ではなかった。聞きなれない男性の声で、「花村さんですか?」と訊《き》いてくる。いや、聞きなれなくない。どこかで、聞き覚えた声だ。それがだれだったか思いつく前に、先方が名乗った。

——小林眼科クリニックの小林です。

「あらあらあら。まあまあまあ」

妙子は、中高年女性らしい反応をした。やたらと感嘆符を連発して、先だっての騒動のことを案じる。

「あの後、どうですか? あの彼氏、また押し掛けて行ってたりしませんか?」

——来ました。

院長がそう答えたので、妙子はがっかりしたり、呆《あき》れたりする。

「ああ、やっぱり。本当にもう——困った人ですね」

電話の向こうで、院長はいささか慌てた。

——そうじゃなくて、ご両親に連れられて、迷惑をかけたと挨拶《あいさつ》に見えたんです。

「へえ」

もっと非難の文句を並べる気でいたから、肩透かしを食らう。それでも、振り上げたこぶしのやり場に困って、妙子はぶつぶついった。

「反省したのは取り敢《あ》えずよかったとして、成人男性が親に付き添ってもらわなければ、頭ひとつ下げることも出来ないのは問題じゃありませんか」

——親御さんは、玉村《たまむら》製薬の重役だそうですよ。

　小林院長がそんなことをいうので、妙子はいよいよカッとなった。テレビのゴールデンタイムに、センスの良いコマーシャルを頻繁に流している会社だ。そこの重役といったら、雲の上の金持ちだろう。だから、偉いのか？　あんな騒動を起しても、「ごめんなさい」で許されてしまうのか？

——蒼穹《そら》くんは、花村さんとお嬢さんにいわれたことが胸に響いたと、誠意のある態度で謝ってくれました。

「あれは娘ではなく、孫です」

自分のことをいわれたと察して、瑠希がこちらを見た。妙子はその物問いたげな顔に、微笑んでみせた。彼氏が間違ったのか、院長が間違ったのかはしらないが、この子の母親に見られたというのは——そんなに若く見られたのは、実はちょっと嬉《うれ》しかった。

「もう彼女さんのところに押し掛けて来ないって、言質をとれただけでも上々なのかもしれませんね」

——それなんです。

院長は、気まずそうな間を置いた。

——田所さんは、もう当院には居ないんです。

「は？」

——退職というか……来なくなりました。

院長の口調は、謝罪に来た蒼穹くん親子がそうだったと思えるくらい重たくなる。後で気付いたのだが、このときの院長は謝罪していたのである。妻に、妙子に、世間の評判に。

――そこでお願いなのですが……。

「はい」

――今さら、お気を悪くされなければよいのですが……。

「はい？」

院長は口ごもっている。妙子はいささか、イライラした。

――改めて、花村さんを採用させていただくわけにはいきませんでしょうか？

そこまでいうと、まるで憑《つ》き物が落ちたみたいに院長の口調が明朗になる。資格試験での妙子の成績を褒め、蒼穹くん事件における妙子の度胸と機転と人間性の正しさを褒め、頼り甲斐《がい》を褒めた。

「でも、院長先生、若い美人がお好きなんでしょう」

などといってしまったのは、不合格という奈落《ならく》に突き落とされた腹いせである。妙子は、この院長に対して、少なからずヘソを曲げていた。アイドルちゃんのパパ活の相手は院長ではないと証言した妙子だが、心の底では同類項だと思ってもいた。なにせ、成績抜群の妙子を不合格にしておいて、授業からも試験からも逃げた麗しいアイドルちゃんを採用したのだから。

さりとて、こんな単刀直入な切り返しをするあたり、やはり年のせいで図太くなった神経のなせる業である。そんな遠慮のないおばちゃんに対して、小林院長は「面目ない」と己のスケベ根性を認めた。

——もう一度、お願いします。花村さんに、うちで働いてもらいたいんです。

妙子は胸の内でガッツポーズをした。

「少し考えさせていただけますか？　今の勤め先とも、相談いたしませんと」

——もう、ほかに、お勤めなんですか？

「ええ、まあ」

見栄から出た嘘を、院長は殊勝にも真に受けて「どうか、よろしくお願いします」といった。いい気分であった。同時に、これを断りと判断されて、別の人材を探し始めたらどうしようと心配にもなった。

受話器を置くと、瑠希が待ちかねたように目の前に来た。

かき氷は、シャキシャキと冷たいままだ。瑠希が、話が終わりそうな気配を察して、作り直してくれたらしい。気付かぬ間に緊張していたのだろう、甘いシロップが五臓六《ごぞうろっ》腑《ぷ》に染み渡った。

「わたしは、良いと思います」

妙子から話を聞くより早く、瑠希はそういった。

「実際に見て、感じの良い職場だと思いました」

それは、魔法の言葉であった。開けゴマとか、テクマクマヤコンみたいなもの。意地も曲がったヘソも、瑠希の言葉でふうっと霧散した。

「そう、そうよね」

たった今、通話を終えたばかりだというのに、妙子は小林眼科に電話をする。

電話口に出たのは、女性だった。蒼穹くん事件で、患者たちに交じって待合室で困り果てていた、あの若い事務員である。

――ああ、この間は、お世話になって――。

受話器を取った第一声は慇懃《いんぎん》だったのに、こちらの正体がわかると親し気にあれこれしゃべり出した。この人もアイドルちゃんが辞めて忙しいだろうにと思いつつ、辛抱強く話に付き合った。仕事が混んで来たのか、こちらの焦燥が伝わったのか、ようやく用件を問われる。

「院長先生を、お願いできますか？」

――はい。少々お待ちくださいませ。

職業人らしい口調にもどると、受話器からの音は保留音に切り替わった。緩慢に流れるトロイメライを聞きながら、診察中に電話するなんて、無遠慮が過ぎたかしらと思った。でも、ここでひっそりと受話器を置いたりしたら、それこそ無礼千万だし二度と縁は繋《つな》がるまい。

そんなことを考えていると、案外と早く院長が電話口に出た。

「さきほどのお話ですけど、お請けしたいと思います」

素直にそういった。受話器から「ほう」とか「ふひゃ」とか、短い変な声が聞こえた。院長の、安堵《あんど》の吐息のようだった。

――では、次の月曜日からお願いできますか。必要なものなど、後程……本日中にご連絡いたします。

今度は、満場一致で問題解決である。かき氷はまたしても溶けてしまい、妙子は瑠希に謝りながら、自分でこしらえ直した。

＊

日曜の午前中、妙子は瑠希を連れて買い物に出かけた。明日《あした》から仕事なので、武者震いがするような、しかしどこか億劫《おっくう》な気にもなり、どうにも落ち着かない。

上履きはナースシューズがいいと思ったのに、どこでも見つからなかった。

「最近の看護師さんは、スニーカーみたいな靴を履いているような……？」

「あら、そうだったかしら」

妙子が世話になっている近所の内科では、看護師も事務員も、むかしながらの上履きを履いている。妙子としてはせっかく働くのだから、いかにもクリニックに勤めている、という感じの靴が欲しかった。

ショッピングモールの二階に入っている靴屋で、ようやく見おぼえた形のものを手に入れた。気分が良かったので、瑠希のために書店に寄った後で、和菓子屋で仏壇に供える水羊羹《みずようかん》を買った。和菓子屋のすぐ前にあるバス停では、妙子たちを待っていたかのように、タイミングよくバスが来た。

帰り道は、瑠希が根気よく読んでいる『失われた時を求めて』の話をした。

「ずいぶんと破天荒なお嬢さんも居たものね。それって、昔の小説なんでしょ？　フランスの人って、昔から自由なのかしらねえ。自由っていうか、自分勝手っていうか」

「でも、小説だし」

「あら、事実は小説より奇なりっていうじゃない」

「おばあちゃん、それはちょっと意味が違うかも」

「ともかく、そのお嬢さんたちは感心しないわよ。年よりの頭の上を飛び越えるって、行儀が悪過ぎ。あんたがそんなことしたら、おかあさんのところに追い返してやる——」

登場人物に対する感想をいいながら、玄関の鍵《かぎ》を開けようとしたときである。

戸が開いていた。

「あら、いやだ……」

鍵を閉め忘れた？　泥棒が入った？

孫娘と緊張した目を見交わし、薄めに開いた引き戸に手をかける。古い木製の戸は、ぎしぎしと意地悪く軋《きし》んだ。その音を聞きながら、警戒心を総動員する妙子だが、今のこの状況に不思議な既視感を覚えていた。前にも、同じことがあった。あのときは、ひっそりとした居間に、瑠希が居た。初めて見る孫娘は、一人でコンビニ弁当を食べていた。

普段は意識しないが、こんなときは古い家のあちこちが、鶯《うぐいす》張りよろしく鳴り渡ることに身が縮む。すぐに警察に掛けられるように瑠希と二人でそれぞれのスマートフォンを握り締めながらも、真っ先にしたのは夕食用の鶏肉《とりにく》を冷蔵庫に入れることだった。

そして、二人は居間からかすかに聞こえてくる気配を察知した。

それは、ビニール袋のこすれる、カサカサと乾いた音だ。そして、ことりと飲み物をテーブルに置く音。むせて咳込《せきこ》む音。

「…………！」

二人は戦闘態勢を整えて、居間に駆け込む。

もはや、廊下は鳴らなかった。妙子と瑠希の足音にかき消されていたのだ。

居間の物音も消えた。血相を変えて走り込んで来た妙子たちに驚き、そこに居た人物はきょとんとこちらを見上げてくる。

それは、真奈美だった。妙子の娘、瑠希の母、あの性格の暗い真奈美だった。

真奈美は、ちゃぶ台の前に正座をして、カツサンドを食べていた。

＊

「瑠希を迎えに来たの」

なんでもないことのように、真奈美はさらりといった。

妙子と瑠希は、目を見開いて互いを見つめ、同じ目付きで真奈美を見た。理解を超えた事実を前に、祖母と孫はまるで戦場に居る兵士のように緊張していた。

その様子を見て、真奈美は暗いため息をつく。

「高校、あなたの行きたいところでいいわよ」

「いいわよって――あんたねえ――」

万感のマイナス感情があふれ、妙子は絶句する。声を出したら、危険な言葉が濁流となってこの部屋を、いや家全体を、それどころか町内を押し流してしまいそうな気がした。

だから、妙子は一言として言葉を発することが出来なかったのだが、無言のうちに溢《あふ》れる感情の濁流は、全て真奈美の胸に流れ込んだ――らしい。真奈美はペットボトルのキャップを閉めて、食べ終えたカツサンドの紙箱をたたみ、革のショルダーバッグからウェットティッシュを出してちゃぶ台を拭《ふ》く。両手を膝《ひざ》の上に載せて妙子を見て、瑠希を見た。そして、目を逸《そ》らした。

「自分でも感じが悪いって思ったりするのよ」

「…………」

「わかんないのよ、どうしていいか」

「…………」

「わたし、そんなに駄目出しばかりしてる？　そんな暗い？　そんなに、ひとを否定ばかりしている？」

していいるわよと妙子がいおうとしたら、当人が先に「しているわよね」といってしまった。

「わたしが甘えていたのね。駄目出しも、暗いのも、相手を否定するのも、わたしの本性なの。他人の前では気を遣ってそういうところを出さないようにしているのよ。でも、家族の前では、気が緩んで地が出てしまうのね」

「だからって、あんた。家族だって人間なのよ。叩《たた》かれれば、痛いのよ。それが、言葉でも、痛いの」

実のところ、真奈美の性格を非難したのは、これが初めてのことだった。明るい人も居れば、暗い人も居る。それこそ、みんな違って、みんな良いということにするべきだと思っていた。

が。

合田の無礼を受け流したから、合田はそれを繰り返して悲惨な結果となった。真奈美の態度を許し続けて、それがアダになったらいよいよ問題だ。いや、それは綺麗《きれい》ごとである。可愛いわが子に不愉快な思いをさせられるのは、さほどのダメージではない。しかし、それが可愛い孫を苛《さいな》むとしたら、見過ごせないのだ。

「それに――」

いいかけたが、急《せ》き込むような真奈美の言葉に押し戻された。

「特別養子縁組は、親になりたい大人のためのものではなく、子どものためにある制度なのよね。だけど、わたしは、わたしのための制度でもあって欲しいのよ。だって、あなたが居ないと、つまらないんだもの。生きていないような、泥みたいな鉛みたいな、そんなものになっちゃったような気持になるの。どこに居てもいたたまれないの」

「………」

妙子は憮然《ぶぜん》とする。瑠希は困っている。

「今はあなたが来る前みたいに、張り合いがなくて、楽しくなくて――」

真奈美は、唐突に泣き出した。

「わたしの欠点は、おとうさんに指摘されたの。あんなに優しい人がいうんだから、ひどかったんでしょうね。でも、あの……」

「違うわよ」

妙子は、悪い魔女のように低い恐ろしい声を出した。

「あんたがいってるのは、自分のことだけじゃないの。この期に及んで、わたしたちの前で自己愛を主張しているだけだわ」

真奈美はまるで殴られでもしたかのように、上体を反らした。

（ああ、この子は――）

性格の問題を夫に指摘されたときも、青天のうちに霹靂《へきれき》を見たような、こんな顔をしたのだと、妙子はなんとなくわかった。妙子は真奈美より瑠希が大事なのではない。瑠希を守るのはもう決めたことだが、真奈美のことだって見捨てられない。

「瑠希は堪えられなくなって、うちに逃げて来たの。この辛抱強い子が、あなたの着せ替え人形で居ることに、我慢できなかったのよ。そういうのって――」

毒親っていうんじゃない？

そういった妙子の顔は、大層恐ろしかった。妙子自身も、それを重々自覚していた。

真奈美は「おかあさん……」といったきり、目を見開いたまま気絶したみたいに動かなくなる。瑠希は「おばあちゃん、それはちょっと……」と呟《つぶや》いて、おろおろした。

真奈美はもはや、こちらに視線を向けられない。うなだれて、畳の目を見つめている。

「ごめんなさい、瑠希。もどって来てください」

「…………」

「あなたを最初に見たとき、わたしの子だと思ったのよ。あなたの居る未来を想像したら、幸せが込み上げてきて――。あなたが居なくなってしまったら、もう真っ暗で――

――」

「あんたは、元から暗いでしょ」

妙子が冷たくいい、瑠希が「おばあちゃん、それもちょっと……」と困りきっている。

「真奈美、少しはこっちのいうのも聞きなさい。あんたの未来が明るいとか、暗いとか、そのために帰って来いとか。勝手なことばかりじゃないの。あんたは、瑠希を自分の人形にしようとした。瑠希の希望なんか無視して、行きたくもない学校に入れた。それで有難く思えって、あんたの価値観を押し付けた。そのことが問題なんです」

「だから、わたしは最初から、いってるじゃないの」

真奈美は、ようやくいつもの調子にもどる。そのいつもの調子が問題なのよねえと、妙子は内心でため息をついた。

「今後、わたしの好みを瑠希に押し付けません。瑠希の生き方を否定しません。あの家は、あなたの家なのよ。わたしが悪いことをしたら――」

真奈美は祈るように両手を握って、瑠希を見上げた。

「今度はわたしが罰を受けます」

「罰ってなによ」

「謹慎とか――罰金とか――追放とか」

それもまた、穏やかでない。真奈美は暗いし強引だし了見が狭いが、責任感の強い善人であることを妙子は知っている。真奈美自身、相手を否定するのも暗いのも自分の本性だといったが、本性ならば隠そうが抑えようが、かならず出てくる。それを苦にして、真奈美が自分を傷つける行為に奔《はし》ったら――たとえば本人の言葉どおりに追放……つまり、蒸発でもされたら、取返しが付かない。なにせ性格が暗いから、妙子の想像を超えたことを仕出かしそうで怖いのである。

などと考えていたら、傍らですっと気配が動いた。瑠希が立ち上がり、すたすたと玄関に向かう。それがあまりに滑らかな動作だったので、妙子も真奈美も意表を衝《つ》かれた。

「瑠希ちゃん？」

異口同音に、妙子と真奈美が名を呼んだ。

しかし、そのときはすでに、瑠希の姿はなかった。

＊

行き先に心当たりはあった。

でも、それが妙子の思い込みで、大人のみっともない争いに愛想を尽かした瑠希が、今度こそ手の届かないどこかに行ってしまったとしたら――。危惧《きぐ》は、大きな太鼓や花火の音みたいに、ドシンドシンと胸の中で響いた。

真奈美は真奈美であぁするしかなかったろうし、妙子は妙子で厳しく応じるよりなかったのだ。確かにみっともなかろうが、見ていて気持の良いものではなかろうが、真奈美にも妙子にも必要な議論だったのである。いかにも、罵《のの》り合いなどではなく、議論だ。

中年と初老の女のいい合いなど、議論なんて高級な代物には聞こえなかったろうが、わたしたちは全力を尽くした。少なくとも、正直にぶつかり合った。

だから、見捨てないでちょうだいよ。

あんたが、この先、どこに行こうと、そこはきっともっとひどいんだから。

などと胸中に訴えつつ、妙子は目的地に向かった。気持と同様、全身が萎縮《いしゆく》しているらしく、やけに手が冷たくて、やけに汗が出た。

ともあれ、瑠希は身内となった大人たちに愛想を尽かしていたわけでもなく、手の届かないところに逃亡したのでもなかった。妙子と二人になれる場所で待っていた。前に二人で行ったファミレスだ。

瑠希は前回と同じテーブルで、グレープフルーツジュースを飲んでいた。妙子を見ると、まるで待ち合わせしていたみたいに、にこっと笑った。以心伝心。何もいわずとも、視線すら交わさずとも、自分と孫は心が通うのだ。そう思うと、嬉《うれ》しかった。誇らしかった。真奈美に対して威張りたかった。

そんな感じで調子に乗って同じものを頼みたかったが、グレープフルーツは高血圧によくないらしいので、オレンジジュースにした。

「瑠希ちゃんは、最初、ばあばに会いに来たのよね」

ストローの薄い紙を破りながらいう。

「え?」

「わたしじゃなくて、優しかった本当のおばあちゃんに会いに来たんでしょ。もう居ないってわかっていても、あんたはばあばに会いに来た」

両親の死後、幼い瑠希は実の祖母に引き取られた。祖母の死後に親戚《しんせき》中でたらい回しにされたというのは、蒼穹くんにいい聞かせたとおりだ。たらい回しの親戚はともかく、祖母は瑠希を大切にしたのだろう。両親を亡くした可哀相な子として、いや、可愛い大切な孫娘として。祖母が亡くなるまでの短い時間が、瑠希には忘れがたい記憶となった。

真奈美との衝突で、瑠希は実の子のように反抗なんかできなかった。もはや逃げるよりないとなったとき、瑠希は反射的に祖母を選んだ。自分のことを「ばあば」と呼ばせて、優しくしてくれた実の祖母は、もう居ないのに。妙子は、鬼母を生んだ鬼祖母なのに。

「正直にいうと、おとうさんの方のおばあちゃんが生きていたら、そっちに行ったと思います」

「あら。ほんと、正直にいうのね」

案の定、初対面の義理の祖母は、何だか怖そうな人だった。のっけから「ばあば」と呼ぶななんていわれてしまった。

「でも、わたしの話をちゃんと聞いてくれました」

「そりゃ、真奈美がだれかと衝突したら、九分九厘は真奈美の方が間違っているからね」

妙子はそういい、二人でくすくす笑った。

「でも、いい人なんです」

「めちゃくちゃ疲れるけどね」

　めちゃくちゃ、なんて若者っぽい言葉を使って、内心で照れた。

「おかあさんは、嘘はつきません。だから、さっきいってくれたことも、本心だと思う」

「あの子は、この件に関して反省しても、似通ったことでまた同じことをするわよ」

「そのときは、またおばあちゃんのところに逃げてきます」

ずるずるずると、瑠希はコップの底のジュースをすする。

「わたしも、ここですごく賢くなったと思うんです」

「おや、どんな風に？」

「おばあちゃんっぽくなりました」

瑠希がそんなことをいうので、妙子はオレンジジュースを噴出しそうになった。

「それは、わたしのおかげだわ」

「はい」

瑠希は目を細めて、あの変顔の笑みをたたえ、妙子を見ている。変顔で、妙子から目を逸《そ》らさない。妙子は泣きたくなった。愛《いと》しい愛しい愛しい。この子を手離したくない。

(これって、何？　絆《きずな》ってやつ？)

このところ大安売りされるようになった『絆』という言葉に、妙子は『じいじ』や『ばあば』に対するのと同様に反撥《はんぱつ》を覚えてきた。しかし、今は絆というのが、しっくりくる。わたしたちは、無理なく相手を思い遣《や》っていられた。一人で居ると、落ち着いた。人生どころか、地球が出来たときから、いっしょに居る相手のような気がした。

(泣いてる場合じゃないわね)

泣けて、泣けて、仕方なかったのだけど。

＊

小林眼科の待合室には、受付カウンターの上にテレビが取り付けてあって、いつも軽くて真面目な番組が流れている。受付はいつも混んでいるのだが、ふと作業が途切れたときなど、テレビの音が気になる。見たくなる。

「花村さん、テレビっ子なんですね。昭和だなあ」

蒼穹くん騒動ですっかり親しくなってしまった、同僚の佐野《さの》さんにからかわれた。あの一件では、妙子と瑠希は居合わせた人たちの「命の恩人」と持ち上げられ、おかげで佐野さんも大変親切に仕事を教えてくれる。困った甘えん坊だったが、蒼穹さまさまと思わなくもない。

「あら、うちの孫もテレビ好きだけど？」

いい返して、頭の上からもれ聞こえる音声に耳を傾ける。新進気鋭のイラストレーターの談話らしい。

――いろいろな仕事をしました。しかし、絵を描く以外は、働いているという気がしませんでした。

へえ……と思った。確か「おしえて、職業人！」というバラエティ番組だ。定年退職で時間ができてからよく見ていた番組だが、出演する人はさまざまでも、やはり天職について語る人が多い。

天職ってのがある人はそうなのかしらねえ……と思う。だけど、それでは、いささか難儀ではないか。天職に就けなければ満足出来ないのでは、ずっと不満足でいなくてはならない。妙子なんか、オジンの経理係長でも小林眼科の受付事務でも、不満一つないのに。

（でも、そうかしら）

妙子だって、選《え》り好みもした。天職であろうとなかろうと、身の置き場を探すのはそれ自体が大きな仕事だ。春から始まったドタバタな就活を思い出し、思わずクスっと笑ってしまう。それをごまかすように、目の前に置いた処方箋《しょほうせん》と領収書を手に持って、事務用椅子から立ち上がった。

「寺山《てらやま》さん。寺山知美《ともみ》さぁん」

午前中最後の患者である寺山さんの会計を済ます。受付カウンターのカーテンを閉め、入り口のガラス戸に施錠した。一番忙しい月曜日の午前中を無事に切り抜けて、ふっと息をつく。週末のうちに体調をくずしたら、少しでも早く診てもらいたいと思うのは、人情である。まだ小さかった真奈美を連れて、よく週明けの病院に行ったことを思い出した。株式会社オジンは働く若い母親に対して親切な職場だったけど、それでも急な休みを申し出るのは、気がひけたものだ。

花村さんは、水ものだからなあ。などといわれたこともある。会社に来るか休むかわからないから、仕事の分担の見通しが立てづらいというわけだ。少なからず傷ついたが、妙子が抜けた分の穴埋めを、当然のように強いられる周囲の人たちは、さぞやうんざりしていたことだろう。

畳敷きの休憩室で自分で作った弁当を食べながら、過ぎた時間を逍遥《しょうよう》する。テレビがいつものワイドショーを流して、佐野さんと看護師の高村《たかむら》さんが、出演者と同じくらい熱弁を交わしていた。浮気の常習犯として有名な二枚目俳優の新たな不倫騒動で、これには妙子もいってやりたいことがある。

「わたしもね――」

口を開きかけたら、スマホが鳴った。瑠希からのメールだった。

弁当も二枚目俳優もそっちのけで、いそいそとアプリを立ち上げた。

「なにかしら」

奇妙な画像が添付されている。ホームセンターらしい駐車場と大きくシャッターを開けた倉庫の中ほどの場所で、一台のフォークリフトが荷物を運んでいる写真なのだ。

「ん？」

ほかに目立つ被写体もなし、妙子は首を傾げながら、フォークリフトを操作する人物を拡大してみた。

「んんん！」

見覚えのある人物だ。およそ、こういう堅い仕事をしそうにもない人なのにと思うのは、妙子の偏見か。他人の空似……ではない。ふわふわの髪の毛をひっつめにして、妙子の記憶にあるとおりに念入りに化粧をして、若い女性が真剣な顔でハンドルを握っている。メールのタイトルは『アイドルちゃんです！』だった。

――昨日、おかあさんとちょっと離れたところにあるホームセンターに行ったんですけど、アイドルちゃんが働いててびっくりしました。東京に来てたんですね。新しい仕事を見つけたんですね。

文のおしりに、笑顔の絵文字が付いていた。

アイドルちゃんは、このクリニックとも縁のない人ではないので、この場の一同にも見せようかと思ったが、思案の揚げ句やっぱりやめた。お騒がせの末に逃げるようにして辞めた彼女はあまり好人物とは認識されていない。

（だって、本当にお騒がせだったもの）

さりとて、せっかく勇ましくも新しいスタートを切ったアイドルちゃんの悪口は聞きたくないし、敢《あ》えて庇《かば》うのも面倒くさい。──申し訳ないが、そう、面倒くさいのだ。だから、妙子は一人だけでこっそりと、アイドルちゃんの門出を祝った。

──ゴールデンウィークは、家族旅行するって話になってます。

(あらあら、ずいぶん先のことを。鬼が大笑いしちゃうわ)

瑠希は東雲学院高校を退学して、春に都立の普通高校を受験することになった。受験が済んでひと段落したら、ゴールデンウィークになってしまうというわけだ。

──行き先は、おかあさんは京都がいいといってます。おとうさんは九州に行きたいって。わたしは、断然、北海道なんですけど。今日あたり、おかあさんからアンケートが届くはずです。どうか、どうか、おばあちゃんも北海道行きに清き一票を！

この人たち、ばあばのことも誘うつもりなのかしら。

妙子は、われ知らず口元をほころばせて、メールの文面を読み返す。遠い遠い、とても遠い日、夫と真奈美の三人で最初に旅行に行ったのが北海道だったのを思い出した。

本書は書き下ろしです。

定《てい》年《ねん》就《しゅう》活《かつ》　働《はたら》きものがゆく

堀《ほり》川《かわ》アサコ

令和4年 1月25日　初版発行

発行者●堀内大示

発行●株式会社KADOKAWA
〒102-8177　東京都千代田区富士見2-13-3
電話　0570-002-301（ナビダイヤル）

角川文庫 22990

印刷所●株式会社暁印刷
製本所●本間製本株式会社

表紙画●和田三造

◎本書の無断複製（コピー、スキャン、デジタル化等）並びに無断複製物の譲渡および配信は、著作権法上での例外を除き禁じられています。また、本書を代行業者等の第三者に依頼して複製する行為は、たとえ個人や家庭内での利用であっても一切認められておりません。
◎定価はカバーに表示してあります。

●お問い合わせ
https://www.kadokawa.co.jp/（「お問い合わせ」へお進みください）
※内容によっては、お答えできない場合があります。
※サポートは日本国内のみとさせていただきます。
※Japanese text only

©Asako Horikawa 2022　Printed in Japan
ISBN 978-4-04-111626-5　C0193

◇◇◇

角川文庫発刊に際して

角川源義

第二次世界大戦の敗北は、軍事力の敗北であった以上に、私たちの若い文化力の敗退であった。私たちの文化が戦争に対して如何に無力であり、単なるあだ花に過ぎなかったかを、私たちは身を以て体験し痛感した。西洋近代文化の摂取にとって、明治以後八十年の歳月は決して短かすぎたとは言えない。にもかかわらず、近代文化の伝統を確立し、自由な批判と柔軟な良識に富む文化層として自らを形成することに私たちは失敗して来た。そしてこれは、各層への文化の普及滲透を任務とする出版人の責任でもあった。

一九四五年以来、私たちは再び振出しに戻り、第一歩から踏み出すことを余儀なくされた。これは大きな不幸ではあるが、反面、これまでの混沌・未熟・歪曲の中にあった我が国の文化に秩序と確たる基礎を齎らすためには絶好の機会でもある。角川書店は、このような祖国の文化的危機にあたり、微力をも顧みず再建の礎石たるべき抱負と決意とをもって出発したが、ここに創立以来の念願を果すべく角川文庫を発刊する。これまで刊行されたあらゆる全集叢書文庫類の長所と短所とを検討し、古今東西の不朽の典籍を、良心的編集のもとに、廉価に、そして書架にふさわしい美本として、多くのひとびとに提供しようとする。しかし私たちは徒らに百科全書的な知識のジレッタントを作ることを目的とせず、あくまで祖国の文化に秩序と再建への道を示し、この文庫を角川書店の栄ある事業として、今後永久に継続発展せしめ、学芸と教養との殿堂として大成せんことを期したい。多くの読書子の愛情ある忠言と支持とによって、この希望と抱負とを完遂せしめられんことを願う。

一九四九年五月三日

角川文庫ベストセラー

おせっかい屋のお鈴さん　堀川アサコ

こんなにかわいい、おしゃまな幽霊なら会ってみたい！　杜の都、仙台で暮らすカエデが取り憑かれたのは超わがままお嬢さまの幽霊。しかもおせっかいで、困った人を放っておけず騒動ばかり引き起こし⁉

お天気屋のお鈴さん　堀川アサコ

杜の都、仙台にはお天気屋な幽霊がいる。永遠の17歳（なぜなら死んでいるから）お鈴さんである。現代の生活を満喫し、はては街で起こる事件解決にまで乗り出す。彼女に憑かれたら、毎日飽きることなし⁉

オリンピックがやってきた
猫とカラーテレビと卵焼き　堀川アサコ

「昭和39年、わたしの家に初めてカラーテレビがやってきた。これで東京オリンピックが見られる！」。高度成長期ただ中の日本で、どの家庭にもあった笑いと涙の日々を描く、昭和の「朝ドラ」的な物語。

うさぎ通り丸亀不動産
あの部屋、ワケアリ物件でした　堀川アサコ

丸亀不動産ただ一人の社員、美波の採用理由は「視える」から。女社長から霊感あるんだから解決してこいと言われ、ある物件に潜入させられるが。「幻想」シリーズで人気の著者による新感覚お仕事小説。

ある晴れた日に、墓じまい　堀川アサコ

バツイチ独身、44歳の正美は乳がんを患ったことから、実家の墓じまいを決心する。でも降りかかるのは難題だらけ。この先、うちのお墓はどうなるの？　気になるお墓事情もしっかりわかるイマドキの家族小説。

角川文庫ベストセラー

正義のセ
ユウズウキカンチンで何が悪い！
阿川佐和子

東京下町の豆腐屋生まれの凜々子はまっすぐに育ち、やがて検事となる。法と情の間で揺れてしまう難事件、恋人とのすれ違い、同僚の不倫スキャンダル……山あり谷ありの日々にも負けない凜々子の成長物語。

正義のセ 2
史上最低の三十歳！
阿川佐和子

女性を狙った凶悪事件を担当することになり気合十分の凜々子。ところが同期のスキャンダルや、父の浮気疑惑などプライベートは恋のトラブル続き！ しかも自信満々で下した結論が大トラブルに発展し⁉

正義のセ 3
名誉挽回の大勝負！
阿川佐和子

小学校の同級生で親友の明日香に裏切られた凜々子。さらに自分の仕事のミスが妹・温子の破談をまねいていたことを知る。自己嫌悪に陥った凜々子は同期の神蔵守にある決断を伝えるが……⁉

正義のセ 4
負けっぱなしで終わるもんか！
阿川佐和子

尼崎に転勤してきた検事・凜々子。ある告発状をもとに捜査に乗り出すが、したたかな被疑者に翻弄されて取り調べは難航し、証拠集めに奔走する。プライベートではイケメン俳優と新たな恋の予感⁉

三味線ざんまい
群　ようこ

固い決意で三味線を習い始めた著者に、次々と襲いかかる試練。西洋の音楽からは全く類推不可能な旋律、はじめての発表会での緊張——こんなに「わからないことだらけ」の世界に足を踏み入れようとは！

角川文庫ベストセラー

しいちゃん日記　群　ようこ

ネコと接して、親馬鹿ならぬネコ馬鹿になることを、「ネコにやられた」という——女王様ネコ「しい」と、御歳18歳の老ネコ「ビー」がいる幸せ。天下のネコ馬鹿が贈る、愛と涙がいっぱいの傑作エッセイ。

財布のつぶやき　群　ようこ

家のローンを払い終えるのはずっと先。毎年の税金問題も悩みの種。節約を決意しては挫折の繰り返し。〝おひとりさまの老後〟に不安がよぎるけど、本当の幸せって何だろう。暮らしのヒントが詰まったエッセイ。

三人暮らし　群　ようこ

しあわせな暮らしを求めて、同居することになった女3人。一人暮らしは寂しい、家族がいると厄介。そんな女たちが一軒家を借り、暮らし始めた。さまざまな事情を抱えた女たちが築く、3人の日常を綴る。

欲と収納　群　ようこ

欲に流されれば、物あふれる。とかく収納はままならない。母の大量の着物、捨てられないテーブルの脚に、すぐ落下するスポンジ入れ。家の中には「収まらない」ものばかり。整理整頓エッセイ。

しっぽちゃん　群　ようこ

拾った猫を飼い始め、会社や同僚に対する感情に変化が訪れた33歳OL。実家で、雑種を飼い始めた出戻り女性。爬虫類や虫が大好きな息子をもつ母。——しっぽを持つ生き物との日常を描いた短編小説集。

角川文庫ベストセラー

無印良女《むじるしりょうひん》　群　ようこ

自分は絶対に正しいと信じている母。学校から帰宅しても体操着を着ている、高校の同級生。群さんの周りには、なぜだか奇妙で極端で、可笑しな人たちが集っている。鋭い観察眼と巧みな筆致、爆笑エッセイ集。

作家ソノミの甘くない生活　群　ようこ

元気すぎる母にふりまわされながら、一人暮らしを続ける作家のソノミ。だが自分もいつまで家賃が払えるか心配になったり、おなじ本を3冊も買ってしまったり。老いの実感を、爽やかに綴った物語。

老いと収納　群　ようこ

マンションの修繕に伴い、不要品の整理を決めた。壊れた物干しやラジカセ、重すぎる掃除機。物のない暮らしには憧れる。でも「あったら便利」もやめられない。老いに向かう整理の日々を綴るエッセイ集！

うちのご近所さん　群　ようこ

「もう絶対にいやだ、家を出よう」。そう思いつつ実家に居着いたマサミ。事情通のヤマカワさん、嫌われ者のギンジロウ、白塗りのセンダさん。風変わりなご近所さんの30年をユーモラスに描く連作短篇集！

まあまあの日々　群　ようこ

もの忘れ、見間違い、体調不良……加齢はそこまでやってきているし、ちょっとした不満もあるけれど、なんとか「まあまあ」で暮らしていければいいじゃない。少し毒舌で、やっぱり爽快！な群流エッセイ集。

角川文庫ベストセラー

アメリカ居すわり一人旅　群　ようこ

語学力なし、忍耐力なし。あるのは貯めたお金だけ。それでも夢を携え、単身アメリカへ！　待ち受けていたのは、宿泊場所、食事問題などトラブルの数々。あるがままに過ごした日々を綴る、痛快アメリカ観察記。

パイナップルの彼方　山本文緒

堅い会社勤めでひとり暮らし、居心地のいい生活を送っていた深文。凪いだ空気が、一人の新人女性の登場でゆっくりと波を立て始めた。深文の思いはハワイに暮らす月子のもとへと飛ぶが。心に染み通る長編小説。

ブルーもしくはブルー　山本文緒

偶然、自分とそっくりな「分身（ドッペルゲンガー）」に出会った蒼子。2人は期間限定でお互いの生活を入れ替わってみるが、事態は思わぬ展開に……！　読みだしたら止まらない、中毒性あり山本ワールド！

ブラック・ティー　山本文緒

結婚して子どももいるはずだった。皆と同じように生きてきたつもりだった、なのにどこで歯車が狂ったのか。賢くもなく善良でもない、心に問題を抱えた寂しがりたちが、懸命に生きるさまを綴った短篇集。

絶対泣かない　山本文緒

あなたの夢はなんですか。仕事に満足してますか、誇りを持っていますか？　専業主婦から看護婦、秘書、エステティシャン。自立と夢を追い求める15の職業の女たちの心の闘いを描いた、元気の出る小説集。

角川文庫ベストセラー

みんないってしまう　山本文緒

恋人が出て行く、母が亡くなる。永久に続くかと思ったものは、みんな過去になった。物事はどんどん流れていく――数々の喪失を越え、人が本当の自分と出会う瞬間を鮮やかにすくいとった珠玉の短篇集。

紙婚式　山本文緒

一緒に暮らして十年、こぎれいなマンションに住み、互いの生活に干渉せず、家計も別々。傍目には羨ましがられる夫婦関係は、夫の何気ない一言で砕けた。結婚のなかで手探りしあう男女の機微を描いた短篇集。

恋愛中毒　山本文緒

世界の一部にすぎないはずの恋が私のすべてをしばりつけるのはどうしてなんだろう。もう他人を愛さないと決めた水無月の心に、小説家創路は強引に踏み込んで――吉川英治文学新人賞受賞、恋愛小説の最高傑作。

ファースト・プライオリティー　山本文緒

31歳、31通りの人生。変わりばえのない日々の中で、自分にとって一番大事なものを意識する一瞬。恋だけでも家庭だけでも、仕事だけでもない、はじめて気付くゆずれないことの大きさ。珠玉の掌編小説集。

眠れるラプンツェル　山本文緒

主婦というよろいをまとい、ラプンツェルのように塔に閉じこめられた私。28歳・汐美の平凡な主婦生活。子供はなく、夫は不在。ある日、ゲームセンターで助けた隣の12歳の少年と突然、恋に落ちた――。

角川文庫ベストセラー

あなたには帰る家がある　山本文緒

平凡な主婦が恋に落ちたのは、些細なことがきっかけだった。平凡な男が恋したのは、幸福そうな主婦の姿だった。妻と夫、それぞれの恋、その中で家庭の事情が浮き彫りにされ――。結婚の意味を問う長編小説！

群青の夜の羽毛布　山本文緒

ひっそり暮らす不思議な女性に惹かれる大学生の鉄男。しかし次第に、他人とうまくつきあえない不安定な彼女に、疑問を募らせていき――。家族、そして母娘の関係に潜む闇を描いた傑作長篇小説。

落花流水　山本文緒

早く大人になりたい。一人ぼっちでも平気な大人になって、自由を手に入れる。そして新しい家族をつくる、勝手な大人に翻弄されたりせずに。若い母を姉と思って育った手毬の、60年にわたる家族と愛を描く。

なぎさ　山本文緒

故郷を飛び出し、静かに暮らす同窓生夫婦。夫は毎日妻の弁当を食べ、出社せず釣り三昧。行動を共にする後輩は、勤め先がブラック企業だと気づいていた。家事だけが取り柄の妻は、妹に誘われカフェを始めるが。

カウントダウン　山本文緒

岡花小春16歳。梅太郎とコンビでお笑いコンテストに挑戦したけれど、高飛車な美少女にけなされ散々な結果に。彼女は大手芸能プロ社長の娘だった！　お笑いの世界を目指す高校生の奮闘を描く青春小説！

角川文庫ベストセラー

シュガーレス・ラヴ　山本文緒

短時間、正座しただけで骨折する「骨粗鬆症」。恋人からの電話を待って夜も眠れない「睡眠障害」。フードコーディネーターを襲った「味覚異常」。ストレスに立ち向かい、再生する姿を描いた10の物語。

結婚願望　山本文緒

せっぱ詰まってはいない。今すぐ誰かと結婚したいとは思わない。でも、人は人を好きになると「結婚したい」と願う。心の奥底に巣くう「結婚」をまっすぐに見つめたビタースウィートなエッセイ集。

そして私は一人になった　山本文緒

「六月七日、一人で暮らすようになってからは、私は私の食べたいものしか作らなくなった。」夫と別れ、はじめて一人暮らしをはじめた著者が味わう解放感と不安。心の揺れをありのままに綴った日記文学。

かなえられない恋のために　山本文緒

誰かを思いきり好きになって、誰かから思いきり好かれたい。かなえられない思いも、本当の自分も、せいいっぱい表現してみよう。すべての恋する人たちへ、思わずうなずく等身大の恋愛エッセイ。

再婚生活　私のうつ闘病日記　山本文緒

「仕事で賞をもらい、山手線の円の中にマンションを買い、再婚までした。恵まれすぎだと人はいう。人にはそう見えるんだろうな。」仕事、夫婦、鬱病。病んだ心と身体が少しずつ再生していくさまを日記形式で。